다자이 오사무
내 마음의 문장들

다자이 오사무

내 마음의 문장들

시와서

차례

祥邨

사랑

사랑,
이라고 썼더니,
그 뒤로 쓸 수가 없었다.

좋아하고 싫어하는 것은 논리가 아니다. 당신이 나를 도와주었기 때문에 좋아하는 것도 아니고, 당신이 멋쟁이라서 좋아하는 것도 아니다.

그냥, 문득 좋아지는 것이다.

옛날이야기

6년 전 어느 날, 내 가슴에 아스라이 옅은 무지개가 걸렸고, 그것은 연정도 사랑도 아니었지만, 세월이 흐를수록 그 무지개는 색이 선명히 짙어져, 나는 지금껏 단 한 번도 그것을 시야에서 놓친 적이 없었습니다.

소나기 걷힌 맑은 하늘에 걸린 무지개는 머지않아 덧없이 사라져 버리지만, 사람의 마음에 걸린 무지개는 사라지지 않는 것 같습니다.

사양

다시 한번 만나서, 그때, 싫다면 분명히 말해 주십시오. 내 가슴의 불꽃은 당신이 피운 것이니, 당신이 끄고 가 주십시오. 나 혼자 힘으로는 도저히 끌 수가 없습니다.

사양

나는 절대 공맹 사상을 가볍게 보지는 않는다. 그 사상의 근본은 인(仁)이라고도 하고, 중용이라고도 하고, 또는 관용이라고도 하는 등 다양한 설이 있지만, 나는 예(禮)라고 생각한다. 예의 사상은 미묘하다. 철학적으로 말하면 사랑의 발상법이다. 인간 생활의 괴로움은 오직 사랑 표현의 곤란함이라고 해도 좋다. 이 표현의 서투름이 인간 불행의 원천이 아닐까.

석별

사랑은 말이다. 말이 없어지면, 그와 동시에 이 세상에서 애정도 사라지는 것이다. 사랑이란 것이 말 이외에 뭔가 실체가 있다고 생각한다면 큰 착각이다.

신햄릿

여자에게 고백할 수 있을 정도라면, 그렇게 할 수 있는 성격의 남자였다면, 스물한 살, 벌써 이 정도로 상처투성이가 되지는 않았을 것이 분명하다.

허구의 봄

연필을 입에 문 채 오래오래 생각했습니다. 사랑합니다, 라고 쓰고는, 지워 버릴까, 하지만 역시 이대로 지우지 않고 두는 편이 좋겠어, 하고 또 생각을 고쳐먹습니다. 아아, 이제 뭐든 마음대로 하십시오. 하지만 그래도 역시 나는 당신을 사랑합니다. 말이 문제겠지요. 사랑합니다, 이 말은, 말로 하면 어쩌면 이리도 뻔하고, 아니꼽고, 답답한 것인지. 나는 말을 증오합니다.

고전풍

의무의 수행이란 이만저만 힘든 것이 아니다. 그렇지만 해야만 한다. 왜 살아 있는가. 왜 글을 쓰는가. 지금 나는, 그것은 의무 수행을 위해서입니다, 라고 대답할 수밖에 없다. 돈 때문에 글을 쓰는 건 아닌 것 같다. 쾌락 때문에 살아 있는 것도 아닌 것 같다.

며칠 전에도 혼자 들길을 걸으며 문득 생각했다.

'사랑이란 것도 결국은 의무 수행이 아닐까.'

의무

사람은 정말로 사랑을 하면 오히려 사랑의 말 같은 건 뻔히 들여다보여서 말을 못 하게 되는 것입니다. 사랑하는 사람은 사랑하고 있다는 자부심이 조금씩 있기 마련입니다. 잠자코 있어도 언젠가는 알아줄 거라며 조심스러운 자부심을 갖고 있는 것입니다. 그런데 당신은 그 작은 자부심을 짓밟고, 억지로 입을 찢어서라도 큰 소리로 사랑을 외치도록 만들려는 것입니다. 사랑한다는 것은 부끄러운 것입니다. 또한 사랑받는 것도 왠지 쑥스러운 것입니다. 그러니까 아무리 서로 깊이 사랑한다고 해도 좀처럼 좋아한다고 말할 수는 없는 것입니다. 그것을 억지로 외치게 하려는 것은 잔혹합니다. 배려가 없는 것입니다.

신햄릿

꺼려하지 말고 솔직하게 뭐든 말해 주십시오. 아무리 서로 사랑한다 해도 입 밖으로 말하지 않으면 서로가 그 사랑을 모르는 경우도 세상에는 더러 있습니다. 인류는 말의 동물, 이렇게 말한 철학자의 생각도 나는 알 것 같습니다.

신햄릿

나는 이 여자를 사랑한다. 어찌해야 좋을지 모를 만큼 사랑한다. 그것이 내 고뇌의 시작이다. 하지만 이젠 됐다. 나는 사랑하면서 멀어질 수 있는, 뭔지 모를 강함을 얻었다. 살아가기 위해서는 사랑조차 희생하지 않으면 안 된다.

우바스테

남편과 아내는 평생 동안 몇 번이고 결혼을 되풀이해야 한다. 서로가 상대의 진가를 발견하기 위해서라도, 닥쳐오는 위기를 차례차례 극복하여 이별하지 않고 결혼을 되풀이하며 나아가야 한다.

낭만 등불

사랑은 이 세상에 존재한다. 분명히 존재한다. 찾지 못하는 것은 사랑의 표현이다. 그 작법이다.

생각의 패배

살면서 언제나 사랑이라는 걸 생각합니다. 하지만 이건 저만 그런 게 아니라 누구나 다 생각하고 있겠지요.

그런데 이게 참 어렵습니다. 사랑이라고 하면 달콤한 거라고 생각할지도 모르지만, 어려운 겁니다. 사랑한다는 게 어떤 건지, 저는 아직 모르겠습니다. 함부로 쓸 수 없는 말 같다는 생각이 듭니다. 나 자신이 아주 애정이 깊은 사람처럼 여겨지다가도, 완전히 그 반대인 경우도 있으니까요. 아무튼 어렵습니다.

일문일답

누가 나의 이 한결같은 사랑의 행위를 올바로 이해해 주겠는가. 아니, 아무도 이해해 주지 않아도 좋다. 나의 사랑은 순수의 사랑이다. 남에게 이해받기 위한 사랑이 아니다. 그런 비열한 사랑이 아니다. 나는 영원히 사람들의 미움을 받겠지. 하지만 이 순수한 사랑의 탐욕 앞에서는 어떠한 형벌도, 어떠한 지옥불도 문제되지 않는다. 나는 나의 삶을 살아 낼 것이다.

직소

진실이란, 마음속으로 생각만 하고 있으면, 아무리 깊이 생각했다 한들, 아무리 굳게 각오했다 한들, 단지 그것만으로는 허위이다. 가짜다. 가슴을 갈라 보여 주고 싶을 만큼 진지한 애정을 품고 있다고 해도, 단지 그것뿐 잠자코 있기만 한다면, 그것은 거만함이고, 우쭐함이며, 독선이다. 진실은 행위다. 애정도 행위다. 표현 없는 진실 같은 건 있을 리가 없다. 애정은 가슴속에 있는 말 이전의 것, 이런 말도 결국은 다 수사(修辭)가 아닌가. 잠자코 있으면 알 수가 없다. 그렇게 내버려 둔다 해도 그건 어쩔 수 없는 것이다.

진리는 느끼는 것이 아니다. 진리는 표현하는 것이다. 시간을 들여서, 노력으로 만들어 가는 것이다. 애정도 마찬가지다. 나 자신의 속이 뻔히 들여다보이는 거짓과 허무를 참고 다정한 말을 건네는 곳에, 틀림없는 애정이 존재한다. 사랑은 최고의 봉사다. 티끌만큼도 자신의 만족을 생각해서는 안 된다.

불새

말이 없는 애정이라니, 예부터 그런 예는 하나도 없었다. 정말로 사랑하기 때문에 입 다물고 있다는 건 대단히 완고하고 독선적이다. 좋아한다고 입으로 말한다는 것은 부끄러운 일이다. 그건 누구나 다 부끄럽다. 하지만 그 부끄러움에 눈을 질끈 감고, 거친 파도 속으로 달려드는 심정으로 사랑의 말을 외치는 데에 애정의 실체가 있는 것이다. 말없이 있을 수 있다는 건 결국 애정이 깊지 않기 때문이다. 에고이즘이다. 어딘가 타산이 있는 것이다. 훗날의 책임을 두려워하는 것이다. 그런 걸 애정이라고 말할 수 있을까. 부끄러워서 말할 수 없다는 건 결국 자신을 소중히 여기기 때문이다. 파도 속으로 달려들기가 무서운 것이다.

정말로 사랑한다면 자기도 모르게 사랑의 말이 튀어나온다. 더듬거려도 좋다. 단 한마디라도 좋다. 막다른 곳에 내몰린 말이 튀어나오는 것이다. 고양이도 비둘기도 울고 있지 않은가. 말이 없는 애정 따위, 고금동서 어디를 찾아봐도 없었다.

신햄릿

파괴 사상. 파괴는 애달프고 슬퍼서, 그래서 아름다운 것이다. 파괴하고 다시 세워 완성하려는 꿈. 그래서 한 번 파괴하면, 영원히 완성의 날이 오지 않을지도 모르지만, 그래도 그리운 사랑 때문에 파괴해야 한다. 혁명을 일으켜야 한다.

사양

내가 사랑하는 사람의 주변 분위기에 나의 냄새가 조금도 배어 있지 않은 것 같아, 나는 부끄럽다기보다, 이 세상이라는 것이 내가 생각하는 세상과는 전혀 다른 기묘한 생물처럼 느껴졌고, 나만 홀로 남겨진 채, 부르고 외쳐도 아무 대답도 없는 해 질 녘 가을 벌판에 세워진 듯한, 지금껏 단 한 번도 맛보지 못한 처참한 심정에 휩싸였다.

이것이 실연이라는 걸까. 그저 이렇게 벌판에 우두커니 서 있는 사이에 해가 꼴딱 저물어 밤이슬에 얼어 죽을 수밖에 없는 것인가 생각하니, 눈물 없는 통곡에 두 어깨와 가슴이 세차게 물결치고, 숨조차 쉴 수 없을 것 같은 기분이 든다.

사양

뭘 어찌해야 할지 모를 만큼 좋아합니다. 그냥, 좋아합니다. 그걸로 된 거 아닌가요? 순수한 애정이란 그런 것입니다. 여성이 마음속으로 남몰래 바라는 것도 그런 한결같고 정직한 호의 말고는 아무것도 없다고 생각합니다. 정신적으로 높이 신뢰한다는 둥, 같은 숙명에 몸을 던진다는 둥 이런 말을 해도, 서로가 싫어하면 엉망진창입니다. 아무것도 아닙니다. 무언가 좋아하는 것이 있기 때문에, 정신적이니 숙명이니 하는 아니꼬운 말도 진짜처럼 들리는 것일 뿐입니다. 그런 말은 서로가 가진 호의의 범람을 정리하기 위해, 또는 정열적 행동에 대해 반성하고 변명하기 위해 이용되고 있을 뿐입니다. 젊은 남녀의 연애에서 그런 변명만큼 눈꼴사나운 것은 없습니다. 특히 "여자를 구하려고" 따위의 말을 하는 남자의 위선은 참을 수가 없습니다.

좋아한다면 좋아한다고, 어째서 명랑하게 말할 수 없는 걸까.

낭만 등불

곰곰이 생각해 보면, 호불호가 먼저 정해지고 논리는 뒷전이 돼 버리는 사실만큼 무섭고 싫은 것은 없습니다. 좋아하나요? 싫어하나요? 그 순간이 지나가서 지금은 싫어합니다. 그러니 세상의 말은 사람의 감정을 조종하는 것일 뿐이라는 생각이 듭니다. 나도 이제 슬슬 가면이 필요한 것 같습니다. 메리메(Mérimée)의 가면이 제일 좋겠지요. 나는 이제 남에게 좋아한다, 싫어한다는 말은 하지 않겠습니다. 좋아하니까 좋아한다고 말했는데, 싫어졌으니 싫어졌다고 말할 수가 없습니다. 나는 어느 여자에게 어떤 책임이 생겨, 싫어졌는데도 헤어지자고 말할 수가 없어 고민입니다. 싫어하는데 좋아하려고 노력하는 것은 불가능합니다. 나는 싫어하는 채로 사랑하지 않으면 안 되는 걸까요?

허구의 봄

언제까지고 슬픔에 잠겨 있을 수는 없었다. 나는 반드시 싸워서 얻어야 하는 것이 있었다.

새로운 윤리. 아니, 그렇게 말하는 것도 위선적이다.

사랑. 그것뿐이다.

사양

그 전날, 거짓말 같은 약속을 하고, 설마 하는 마음은 있었지만, 그래도 혹시나 하며, 미덥지 못한 기분으로 도쿄 역에 나가 본다. 나오지 않았다. 그럼, 혼자서라도 여행하지, 하고 생각하면서, 그래도 마지막 5분까지 기다려 본다.

암컷에 대하여

내 연애가 이루어질지 아닐지는 찬스에 의한 것이 아니라, 철두철미하게 나 자신의 의지에 따른 것이다. 나는 단 한 번의 찬스조차 없었지만 10년 동안 연애를 계속한 경험도 있다. 또 소위 절호의 찬스가 하룻밤 사이에 서너 번이나 겹쳤는데도 아무 연애도 일어나지 않았던 적도 있다. 연애 찬스설은 나에게는 무척이나 시원찮고 얄팍한, 어리석은 주장처럼 여겨진다.

교훈. 연애뿐만 아니라 인생 전부를 찬스에 의지하려 드는 것은 상스러운 짓이다.

찬스

혁명을 동경한 적도 없었고, 사랑조차 알지 못했다. 지금까지 세상의 어른들은 혁명과 사랑, 이 두 가지가 가장 어리석고 불길한 것이라고 우리에게 가르쳤다. 전쟁 전에도, 전쟁 중에도 우리는 그 말을 그대로 믿었지만, 패전 후, 우리는 세상의 어른들을 신뢰할 수 없게 되었고, 그들이 말하는 것의 반대쪽에 모든 진정한 살길이 있는 것만 같았다. 혁명도 사랑도, 사실은 세상에서 가장 좋고 바람직한 것이고, 그것들이 너무나 좋은 것이기에 어른들이 심술궂게 우리에게 신 포도라며 거짓을 가르친 게 분명하다고 생각하게 되었다.

나는 확신한다.

인간은 사랑과 혁명을 위해 태어난 것이다.

사양

당신을 소중히 하고 있어. 바람에도 맞히지 않고 소중히 하고 있단 말이야. 당신은 정말 좋은 사람이야. 쓸데없는 일에 신경 쓰지 말고, 자부심을 가지고 차분하게 있으면 돼. 나는 늘 당신만 생각하고 있어. 그 점에서만큼은, 당신은 아무리 자신감이 넘친다 해도 지나치지 않아.

오상

성욕의 본질적인 의미에 대해서는 아무것도 모르면서 그저 구체적인 것만 알고 있다는 건 부끄러운 일이다. 개 같다.

정의와 미소

뭐라 말할 수 없는 평범함. 젊은 남녀가 주고받는 사랑의 대화, 아니 의외로 어른들끼리 나누는 사랑의 대화 역시 옆에서 들으면, 그 진부함, 꼴불견에 온몸에 닭살이 돋는 듯한 기분이 든다.

범인

사랑이란 뭘까? 알고 있는가?
사랑이란 의무의 수행이다. 슬프군.
또 말하지. 사랑이란 도덕의 수호이다.
더 말하지. 사랑이란 육체의 포옹이다.

작가의 모습

자신이 아직 남에게 사랑받을 자격이 있다고 우쭐거릴 수 있는 동안은 삶의 보람도 있고, 이 세상도 즐겁습니다. 그건 당연합니다. 하지만 이제 더는 자신이 남에게 사랑받을 자격이 없다고 분명히 자각한다 해도, 사람은 살아가지 않으면 안 됩니다.

남에게 '사랑받을 자격'이 없다고 해도, 남을 '사랑할 자격'은 영원히 남아 있는 것입니다. 사람의 진정한 겸허는 사랑하는 기쁨을 아는 것이라고 생각합니다. 사랑받는 기쁨만을 바라는 것, 그것이야말로 야만적이고 무지한 행위라고 생각합니다.

낭만 등불

질투. 그것은 네가 사랑받기를 염원한 끝에 얻는 수확이다. 실로, 멋진 수확이다.

신햄릿

지옥 같은 사랑 따위는, 당사자의 괴로움도 극심하겠지만, 무엇보다 먼저 옆 사람에게 해를 끼칩니다.

오상

"남자가 필요해!"

"여자 친구를 갖고 싶어!"

너희들, 부끄러워해야 한다. 그런 것만 바로 머릿속에 떠올리는 비곗덩어리 같은 생활을!

눈을 크게 뜨고 똑똑히 봐라.

'성(性)' 다음에 오는 '애(愛)'라는 글자를!

HUMAN LOST

성애를 부끄러워하지 마라!

공원 분수 옆 벤치에서 남의 눈을 부끄러워하지 않는 청결한 포옹과, 노교수 R씨의 걸어 잠긴 침실 안. 더러움은 과연 어느 쪽일까.

HUMAN LOST

사랑이란 아름다운 것을 꿈꾸며 더러운 수를 쓰는 것이다.

도쿄팔경

'사랑'은 어려운 일이다. 그것은 '하나님'만이 특별히 가진 감정인지도 모른다. 인간이 인간을 '사랑한다'는 것은 이만저만 힘든 일이 아니다. 쉬운 행위가 아니다. 하나님의 아들은 제자들에게 '일곱 번의 일흔 배를 용서하라'고 가르쳤다. 하지만 우리는 일곱 번조차 그럴 수 있을까. '사랑한다'는 말을 가볍게 쓰는 것은 불쾌함일 뿐이다. 꼴불견이다.

"아름다운 달이네요" 라고 하며 손을 잡고 밤에 공원을 산책하는 젊은 남녀는 서로 '사랑'하고 있는 것이 아니다. 마음속에 있는 건 오로지 '한 몸이 되겠다는 특수한 성적 번민'뿐이다.

그래서 내가 만약 사전 편집자라면 다음과 같이 정의할 것이다.

연애 : 호색을 향한 염원을 문화적으로 새롭고 그럴듯하게 꾸민 말. 다시 말해, 성욕 충동에 근거하는 남녀 사이의 격정. 구체적으로는 하나 또는 여럿의 이성과 한몸이 되려고 발버둥치는 특수한 성적 번민. 색욕의 워밍업이라고나 할까.

찬스

'그때그때의 분위기'라든가 '뜻밖의 일'이란 건 매우 불쾌한 것이다. 전부 다 졸렬하기 짝이 없는 연기일 뿐이다.

번개. 어머! 무서워! 하고 남자한테 달라붙는 그 억지스러움, 상스러움. 집어치워, 라고 말하고 싶다. 무서우면 혼자서 엎드리면 될 것 아닌가. 붙들린 남자 역시 어설픈 손동작으로 상대방의 어깨를 필요 이상으로 세게 끌어안으며, 무서워할 거 없어, 괜찮아, 하고 외국인이 일본말을 하듯 중얼거린다. 혀가 꼬이고 목소리는 갈라져, 한심한 꼴이다. 졸렬한 연기가 극에 달했다고 할 것이다.

'감미로운 연애'의 서곡이라 칭하는 '그때그때의 분위기'란 것의 실상이란 대체로 이렇게 억지스럽고 상스럽고 비천하고 꼴불견이다.

찬스

괴롭다, 이것이 질투라는 걸까. 만약 그렇다면, 질투란 얼마나 암울한 광란, 그것도 육체만의 광란인가. 한 점의 아름다움도 없는, 더할 나위 없는 추함이다. 세상에는 아직도 내가 모르는 꺼림칙한 지옥이 있었다.

피부와 마음

나를 잊지 마십시오. 매일, 매일, 역으로 마중 나갔다 허무하게 집으로 돌아오는 스무 살 여자라고 웃지 말고, 부디 기억해 주십시오. 그 작은 역 이름은 굳이 가르쳐 주지 않겠습니다. 말하지 않아도, 당신은 언젠가 나를 발견할 것입니다.

기다리다

나에게는 또 다른 전문 과목이 있다. 세상 사람들은 그 과목을 사랑이라고 부른다. 사람의 마음과 마음이 서로 통하는 것을 연구하는 과목이다.

쓰가루

사랑은 말이다. 우리, 약하고 무능하니까 말만이라도 제대로 보여 주자. 그것 말고 남을 기쁘게 해 줄 수 있는 무언가를 우리는 갖고 있는가?

창생기

실연으로 목숨을 끊는 사람의 심정을 요즘 들어 겨우 알게 되었습니다. 꽃다발을 들고 걷는 것, 그리고 실연으로 목숨을 끊는 것, 그 두 가지는 중학생, 고등학생, 대학생 때까지는 생각만 해도 등줄기에 찬물이 흘러내릴 만큼 부끄러운 행위라고 생각했지만, 요즘은 하얀 꽃 한 송이에서도 구원을 느끼고, 나의 애타게 그리운 마음에 정신이 아득해지고, 세상이 고요해져, 모래가 소리 없이 무너져 내리듯 내 생명도 사라질 것만 같아 답답해집니다.

이십 세기 기수

'사랑한다'는 감정은 이성 간에 '연애' 이전에, 또한 개별적으로 존재하는 것일까. 이성 간에 연애가 아닌 '사랑한다'라는 것은 어떤 감정일까. 좋아한다. 사랑스럽다. 반한다. 생각한다. 연모한다. 애태운다. 매혹된다. 묘해진다. 이런 것들 전부 연애가 아닐까. 이런 감정과는 완전히 다른, 이성 간에 '사랑한다'라는 특별한 감정이 있다는 말일까.

찬스

사랑을 시작하면 온몸에 음악이 절절히 사무쳐 옵니다. 그것이 사랑 병의 가장 분명한 징조라고 생각합니다.

쾅쾅쾅

나는 단 한 명의 여자도 주석(註釋) 없이는 사랑할 수가 없다.

어릿광대의 꽃

그때그때 되는 대로 모든 사람을 남김없이 사랑한다는 것은, 아무도 사랑하지 않는다는 말이다.

추풍기

나는 남의 연애담 듣는 것을 그다지 좋아하지 않는다. 연애담에는 반드시 어딘가 그럴듯하게 꾸며낸 구석이 있기 때문이다.

은어 아가씨

나는 당신에게 완벽한 인간이 되고자 아욕을 부린 것뿐이었습니다. 우리, 외롭고 무력하니까, 달리 아무것도 할 수 없으니까, 하다못해 말만이라도 성실함을 담아 보내는 것이 진정한 겸양의 아름다운 삶이라고 이제는 믿습니다.

언제나 나 자신이 할 수 있는 범위 내에서 그것을 이루어 내도록 노력해야 한다고 생각합니다. 아무리 작은 것이라도 좋습니다. 민들레 한 송이의 선물이라도 절대 부끄러워하지 않고 건네는 것이 가장 용기 있는, 남자다운 태도라고 믿습니다. 나는 이제 도망치지 않습니다. 나는 당신을 사랑합니다.

벚나무와 마술피리

사랑은 포박할 수 없는 우주적인, 아니, 선험적인 누멘입니다. 어떤 멋진 현상도 사랑의 극히 작은 일부분의 주석에 지나지 않습니다. 아아, 또 어리광 같은 말을 했습니다. 웃어넘기십시오. 사랑은, 사람을 무능하게 합니다. 나는 졌습니다.

고전풍

특히 그날 밤 할머니가 잠자리에서 들려주신 슬픈 모기 이야기는 이상하게도 잊을 수가 없습니다. 그러고 보니 분명 가을이었습니다.

“가을까지 살아남은 모기를 슬픈 모기라고 한단다. 모기향은 피우면 안 돼. 가엽지 않니?”

아아, 그 말 한마디 한마디 그대로 나는 기억하고 있습니다.

잎

한마디로 말하지. 너희들은 고뇌의 능력이 없는 것만큼 사랑하는 능력도 완전히 결여되어 있다. 너희들은 애무는 할지 몰라도 사랑은 하지 않는다.

여시아문

젊은이에게는 숨겨진 애정보다도, 드러난 말이 더 중요합니다.

신햄릿

요즘, 자주 운다네. 나는 지금 문장을 쓰고 있는 게 아니야. 수다를 떨고 있는 것이네. 입가에 하얀 거품을 물고, 주절주절 혼자서 떠들고 있어.

천 마디 말 중에, 자네, 한마디 진실을 찾아내 준다면, 나는 죽을 만큼 기쁘겠네. 나는 자네를 사랑하네. 자네도 그에 못지않게 나를 사랑해 주게나.

필요한 건 예지도 아니었네. 사색도 아니었네. 학구도 아니었네. 태도도 아니었네.

애정이네. 창공보다도 깊은 애정이네.

서간

엑스레이는 슬피 울며 말했습니다.

"나한테는 당신의 위장과 뼈대만 보이고 당신의 하얀 살갗이 보이지 않아요. 나는 슬픈 장님이에요."

생각의 패배

한 번 더 말하겠다. 말로 표현할 수 없는 애정은 진정으로 깊은 사랑이 아니다. 어려운 것은 아무 것도 없다. 어려운 것은 사랑이 아니다.

창생기

사랑, 이라고 썼더니, 그 뒤로 쓸 수가 없었다.

사양

祥邨

작가

살아가는 것과 같은 속도로
안달하지 않고 게으름 피우지 않고
끊임없이 글을 써 나가야 합니다.

나는 내 작품과 함께 살고 있다. 나는 내가 말하고 싶은 것은 언제나 작품 안에서 말한다. 따로 말하고 싶은 것은 없다. 그러니까 그 작품이 거부당하면 그뿐이다. 한마디도 하지 않는다.

자작을 말하다

나는 오늘날까지 내 작품에 대해 말한 적이 한 번도 없다. 그러기가 싫어서다. 독자가 읽고 이해하지 못하면 그걸로 끝이다. 창작집에 서문을 쓰는 것조차도 싫다.

자작을 말하다

의심하다 실패하는 삶만큼 보기 흉한 것도 없습니다. 우리는 믿습니다. 한 치의 벌레에게도 닷 푼의 진심이 있습니다. 쓴웃음을 지으시면 안 됩니다. 순수하게 믿는 사람만이 여유롭습니다.

나는 문학을 그만두지 않을 것입니다. 나는 믿어서 성공할 것입니다. 안심하십시오.

개인적인 편지

하루에 서른 장은 거뜬히 써낼 수 있는 작가도 있다고 한다. 나는 하루에 다섯 장을 쓰면 온갖 잘난 척을 한다. 묘사가 서툴러서 고생한다. 어휘가 빈약해서 펜이 나아가지 않는다. 글이 느린 것은 작가의 수치다. 한 장 쓰는데 두세 번은 사전을 뒤적인다. 오자가 있을까, 아무래도 불안하다.

자작을 말하다

나는 거리의 작가다. 내가 이야기하는 것은 언제나 나라는 작은 개인이 겪은 역사의 범위 내에서 그칠 뿐이다. 그것을 답답하다고 말하거나, 게으르다고 욕하거나, 또는 저속하다고 비웃는 사람이 있을지도 모른다.

하지만 후세에 우리가 살고 있는 지금 이 시대의 사조를 살펴볼 때, 소위 '역사가들'의 글보다 우리가 늘 쓰고 있는 한 개인의 생활 묘사 하나하나가 더 도움이 될지도 모른다. 우습게 볼 것이 아니다.

그렇기 때문에 나는 온갖 사회사상가들의 연구나 판단에 개의치 않고, 나 한 사람의 개인 사상의 역사를 여기에 써 두려고 한다.

고뇌의 연감

예술가란 참으로 괴로운 종족이다.

새장 하나를 필사적으로 부둥켜안고 갈팡질팡한다. 그 새장을 빼앗긴다면 그는 혀를 깨물고 죽어 버릴 것이다. 될 수 있으면 빼앗기지 않기를 바란다.

누구나 생각한다. 어떻게든 밝게 살고 싶다고 안간힘을 쓴다. 예로부터 최고의 예술품이란 언제나 세상 사람들에게 희망을 주고, 참고 살아갈 수 있는 힘을 주는 것이어야만 했다. 우리는 오직 그 최고의 예술품을 만드는 데에만 모든 노력을 쏟아 왔던 것이다. 지극히 힘든 일이다. 하지만 어떻게든 그곳에 다다르고 싶다. 이러지도 저러지도 못하는 막다른 곳에 앉아, 우리는 그 일을 위해 노력해 온 것이다. 그것을 계속해 나가는 것 말고는 방법이 없다.

내가 가진 건 신에게서 받은 새장 하나뿐이다. 언제나 그것뿐이다.

등불 하나

자신의 작품을 설명한다는 것은 이미 작가의 패배라고 생각한다.

자작을 말하다

세상 사람들이 그다지 읽지도 않는 책이고, 작가가 자신의 결벽 성향 때문에 출판이 되었는데도 마치 남의 일인 양 자기 홍보라고는 전혀 하지도 않고, 또 서점에서 별다른 광고도 하지 않는 그런 수수한 책을 어떤 기회로 우연히 읽었는데 좋았다면, 그것은 독자로서 최고의 기쁨일 것이다.

인간 그리스도기 외

내 평생의 기원.

하늘에까지 가 닿을 만큼 한없이 명랑한 출세 미담을 딱 한 편 쓰는 것.

벽안탁발

자기 작품의 장단점은 자신이 가장 잘 알고 있다. 천에 하나라도 내가 스스로 좋다고 인정한 작품이 있다면, 그보다 더 행복한 것은 없다. 각자 자기 가슴에게 물어보라.

생각하는 갈대

작품이 아니라 인물로 남에게 존경받고 사랑받기 위해 온갖 애를 쓰고 머리를 짜내는 작가는 오래전부터 많았지만, 하나같이 교활한 게으름뱅이입니다. 극단적이고 히스테릭한 허영꾼입니다.

작품을 발표한다는 것은 창피를 당하는 것입니다. 신에게 고백하는 것입니다. 그리고 더 중요한 것은 그 고백을 통해 신의 용서를 받는 것이 아니라, 신의 벌을 받는 것입니다.

내게는 언제나 작품만이 문제입니다. 작가의 인간적인 매력 같은 것은 조금도 믿지 않습니다. 인간은 누구나 하찮고 비천하다고 생각합니다. 작품만이 구원입니다. 일하는 것 말고는 달리 방법이 없습니다.

바람의 소식

좀 더 약해져라. 문학가라면 약해져라. 유연해져라. 네 방식 이외의 것을, 아니, 그것의 괴로움을 이해할 수 있도록 노력해라. 아무리 해도 이해할 수 없으면 그냥 잠자코 있어라.

여시아문

나는 이 단편집 한 권을 위해 10년을 헛되이 보냈다. 만 10년 동안, 보통 사람처럼 상쾌한 아침밥도 먹지 못했다. 나는 이 책 한 권을 위해 내 몸 머무를 곳을 잃었고, 끊임없이 자존심에 상처 입으며 세상의 찬바람을 맞았고, 그렇게 정처 없이 떠돌아다녔다. 수만 엔의 돈을 낭비했다. 큰형의 노고에 고개가 숙어진다. 혀를 데고, 가슴을 태우고, 몸을 도저히 회복할 수 없을 정도로 일부러 망가뜨렸다. 백 편이 넘는 소설을 찢어 버렸다. 원고지 5만 장. 그리고 남은 건 고작 이것뿐이다. 이것뿐. 원고지 6백 장에 가까운 양이지만, 원고료는 60엔 남짓이 전부다.

하지만 나는 믿는다. 이 단편집《만년》은 해가 갈수록 점점 더 선명한 색으로, 당신의 눈에, 당신의 가슴에 스며들 것이 분명하다는 것을. 나는 이 책 한 권을 쓰기 위해 태어났다. 오늘 이후로 나는 그야말로 송장이다. 나는 여생을 보낼 것이다.

생각하는 갈대

비난은 자신의 약함에서. 위로는 자신의 강함에서. 부끄러워해야 한다.

자기변명이 아닌 문장을 읽고 싶다.

창작여담

작가는 소설을 써야 한다.

말 그대로다. 그렇게 생각하면 실제로 그것을 행해야 한다. 성경을 읽었다고 해서 굳이 그 연구 발표를 할 필요는 없다. 오늘 일은 오늘, 내일 일은 내일. 그대로 행해야 한다. 알고 있다는 것만으로는 아무것도 되지 않는다. 이미 모든 사람이 다 알아 버렸기 때문이다.

벽안탁발

작가는 예외 없이 작은 악마 한 마리씩을 가지고 있습니다. 새삼스레 착한 사람인 척해봤자 소용이 없습니다.

바람의 소식

수련이란 천재에 이르는 방법이 아니라, 젊은 시절의 타고난 재능을 언제까지나 유지하기 위해 필요한 것입니다. 퇴보하지 않는다는 것, 그것은 굉장한 노력입니다. 어느 정도의 높이를, 언제까지나 변함없이 유지할 수 있는 예술가는 대단한 사람입니다. 대부분의 사람은 나이와 함께 퇴보합니다. 나이가 들면 저절로 예술이 훌륭해진다는 말은 거짓입니다. 남보다 갑절의 수련을 하지 않으면, 어떤 천재라도 추락하고 맙니다. 한 번 추락하면 그걸로 끝입니다.

변하지 않는다는 것, 그것만으로도 이만저만 힘든 일이 아닙니다. 하물며 기술적인 진보라느니, 커다란 비약이라느니, 그런 건 창작자 자신에게는 생각할 수도 없을 만큼 두려운 것이며, 그것이야말로 하늘의 뜻을 기다리는 것 말고는 달리 방법이 없습니다.

종이 한 장 만큼의 미미한 진보라니, 천만의 말씀. 스스로는 끊임없이 고민하며 나아간다고 생각해도, 옆에서 보면 그저 현상 유지 정도로밖에 보이지 않는 법입니다.

창작 경험이고 뭐고 아무것도 없는 구경꾼들이, 저 작가는 도무지 발전이 안 보여, 그 긴 세월 동안 아무런 변화도 없군, 하고 건방진 말을 하지만, 그 긴 세월이 얼마만큼의 수련으로 유지되어 왔는지 조금도 알지 못합니다. 권위 있는 비평을 하려면, 먼저 자신도 어느 정도는 창작의 고생을 겪어 봐야 하는 것입니다.

염천한담

이 소설은 실패다. 어떤 비약도, 어떤 해탈도 없다. 스타일에 너무 신경을 쓴 것 같다. 그래서 이 소설은 천박하기까지 하다. 너무 많은 말을 서술했다. 게다가 더 중요한 말은 많이 빠뜨린 것 같다.

시답잖은 말이지만, 내가 오래 살아 몇 년인가 후에 이 소설을 손에 쥐기라도 한다면, 얼마나 비참할까. 아마 한 페이지도 읽기 전에 나는 참을 수 없는 자기혐오에 몸을 떨며 책을 덮어 버릴 게 분명하다. 지금 이 순간조차 나는 앞부분을 다시 읽을 기력이 없다.

아아, 작가는 자신의 모습을 모조리 드러내서는 안 된다. 그것은 작가의 패배다.

어릿광대의 꽃

나는 이제 아무 말도 하지 않겠다. 말을 하면 할수록 나는 아무것도 말하고 있지 않았다. 정말로 중요한 것은 아직 손도 대지 않은 것 같은 기분이 든다. 그건 당연하겠지. 빠트린 말이 많다. 그것도 당연하겠지.

작가는 그 작품의 가치를 모르는 것이 소설이 가야 할 길의 상식이다. 분하지만 나는 그것을 인정하지 않으면 안 된다. 나 자신이 쓴 작품의 효과를 기대한 나는 바보였다. 더군다나 그 효과를 입 밖으로 말해서는 안 되는 것이었다. 입 밖으로 말하는 순간, 또 다른 완전히 별개의 효과가 생겨난다. 그 효과는 대충 이러이러할 것이라고 추측하는 순간, 또 새로운 효과가 별안간 나타난다. 그러면 나는 영원히 그것만 뒤쫓아 가야 하는 어리석은 짓을 해야 한다.

졸작인지, 아니면 그리 나쁘지는 않은 작품인지, 나는 그것조차도 알려고 하지 않을 것이다. 어쩌면 나의 이 소설은 내가 생각지도 못한 굉장한 가치를 낳을지도 모른다.

어릿광대의 꽃

작품 하나를, 너무나 부끄러워하면서도, 이 세상을 살아가는 의무라고 생각하며 잡지사에 보내고 난 뒤 작가가 느끼는 고민은 아무리 총명한 여러분이라도 잘 알 수 없을 것이다. 원고가 들어 있는 묵직한 봉투를 '음!' 하고 결심하고 우체통에 넣는다. 우체통 바닥에서 툭 하고 희미한 소리가 난다. 그게 다였다. 시시한 작품이었다. 겉으로는 그럭저럭 잘난 척하며 정직한 몸짓을 보였지만, 그 밑바닥에는 비굴하게 타협하는 더러운 벌레가 우글우글 들끓고 있는 것이 내 눈에도 뻔히 보여 참을 수가 없는 작품이었던 것이다.

걸식학생

나는 시인이라는 사람을 존경한다. 순수한 시인이란 인간을 넘어선 것으로, 분명 천사일 거라고 믿는다. 그래서 나는 세상의 시인들에게 기대가 크고, 그리고 대체로 실망한다. 천사도 아니면서 시인이라 자칭하며 거들먹거리는 이상한 인물들이 많다.

산화

일본만의 문제는 아닌 것 같다. 또한 문학만의 문제도 아닌 것 같다. 사람들은 작품의 재미보다는 작가의 태도에 먼저 신경을 쓴다. 그 작가라는 인간을, 그의 나약함을 파헤치지 않으면 받아들이지 못한다. 작품을, 작가로부터 분리된, 서명 없는 하나의 생물로 독립시켜 주지 않는다.

작가는 점점 더 운신이 어려워진다. 문장 속 깊은 의미까지 꿰뚫어 보며 읽는 독자들만 상대하니까 마음을 놓을 수가 없다. 너무 긴장한 나머지 책상 앞에 꿇어앉은 채, 침묵은 금이라는 격언을 한없이 긍정하는 불쌍한 작가가 나오지 않으리라는 법도 없다.

작가에게만 겸양을 요구하고, 작가는 매우 송구스러워하며 비굴할 정도로 자기를 낮춘다. 그리고 독자는 주인 나리이다. 작가의 사생활을 밑바닥의 밑바닥까지 파헤쳐 내려고 한다. 무례하다. 헐값에 팔리는 건 작품이다. 작가라는 인간까지 팔고 있는 것은 아니다. 겸양은 독자에게야말로 요구하고 싶다.

일보전진 이보퇴각

도대체 누가 당신을 그리도 압박하고 있습니까? 누구입니까? 다들 당신을 소중히 여기고 있지 않습니까? 당신은 욕심쟁이입니다. 붓 한 자루와 종이 한 다발이 주어진다면 작가는 그곳에 왕국을 세울 수도 있지 않습니까? 당신은 자신의 그림자를 두려워하고 있습니다. 있지도 않은 압박을 상상하며 일곱 번 구르고 여덟 번 넘어지고 있을 뿐입니다. 우스꽝스러운 꼴입니다.

글을 쓰고 싶은데 쓸 수 없다는 것은 거짓말입니다. 당신은 지금 쓰고 싶은 게 아무것도 없는 것이겠지요. 쓰고 싶은 게 없어지면, 핑계고 뭐고 없이 그것으로 끝입니다. 작가가 사멸한 것입니다. 구조할 방법도 없습니다.

당신의 편지를 읽고 나는 당신의 본질적인 위기를 보았습니다. 농담이나 하면서 웃어넘길 때가 아닙니다. 당신은 혹시 당신의 작업에 그럭저럭 만족하고 있는 게 아닙니까? 할 만큼은 했다, 이제 더 이상은 쓸 수 없다, 일단 이 정도면 됐다, 이런 생각을 한다면 당치도 않습니다. 당신은 이제 겨우 본보기를 솜씨 좋게 흉내 낼 수 있게 되었을 뿐입니다.

바람의 소식

사소설을 쓸 때조차, 작가는 대체로 자신을 '착한 사람'으로 그리고 있다. 자전적 소설에서 주인공이 '착한 사람'이 아닌 경우가 있었던가. 아쿠타가와 류노스케도 무슨 말인가 하던 중에 그렇게 썼던 기억이 난다.

나는 사실 그런 의문이 들어 '나'라는 주인공을 가장 성질 나쁘고 악마적으로 그리려고 시도했다. 괜히 '착한 사람'이 되어 사람들의 동정을 받기보다는 오히려 깨끗하다고 생각했다.

봄의 도적

나는 아직 노인이 아니다. 요즘 그것을 깨달았다. 별 대단한 것은 아니다. 모든 것은 지금부터다. 나는 아직 미숙하다. 문장 하나, 생각에 생각을 거듭하며 쓰고 있다. 아직도 나 자신의 것으로 꽉 차 있다. 화내고, 슬퍼하고, 웃고, 몸부림치며 하루하루를 보내고 있다. 역시 서른한 살은 서른한 살일 뿐이다. 그것을 깨달은 것이다. 당연한 것이겠지만 나는 이것을 고마운 발견이라고 생각한다.

나태의 가루타

작가의 일상생활은 작품 속에서도 그대로 나타납니다. 속이려고 해도 속일 수가 없습니다. 생활을 넘어서는 작품은 쓸 수 없습니다. 게으른 생활을 하면서 좋은 작품을 쓰려고 해도, 그것은 무리입니다.

어떤 충고

이름이 알려진다 한들 그리 대단할 것도 없고, 딱히 내가 무명이라는 것이 아쉽지도 않지만, 그래도 세상 사람들은 무명작가의 문장은 (서로 바쁘기 때문에) 아예 읽으려고 하지 않기 때문에 곤란한 것이다.

예술을 싫어하다

일기라는 것은 미리 남에게 읽히게 될 날을 미리 고려해서 써야 하는 것인지, 신과 나 단둘만의 세계에서 써야 하는 것인지, 그 부분의 마음가짐조차 어렵다.

결국, 일기장을 사 놓고도 만화를 끄적이거나 친구네 집 주소를 써넣기만 할 뿐, 그날그날의 일들을 기록할 수가 없다.

작가의 모습

수필은 소설과 달리 작가의 말도 '날것'이기 때문에 여간 신경 써서 쓰지 않으면 엉뚱한 주변 사람까지 상처를 입힌다. 절대로 그 사람의 이야기를 하는 것이 아니다. 과장해서 말하면, 나는 언제나 '인간 역사의 실상'을 하늘에 보고하는 것이다. 개인적인 원한이 아니다. 하지만 그렇게 말하면 또 사람들은 웃으며 나를 믿지 않는다.

작가의 모습

문장 중에서 이 부분은 잘라 버려야 할지, 아니면 이대로 두는 편이 좋을지 갈팡질팡할 때는, 반드시 그 부분을 잘라 버려야 한다. 하물며 그 부분에 뭔가를 덧붙인다는 것은 당치도 않다.

생각하는 갈대

리얼함이란, 자네처럼 바늘을 막대기, 아니 문기둥쯤 되는 것으로 요란스레 떠들지 않고, 바늘은 바늘이라고 정확하게 말하는 것이다.

HUMAN LOST

작가란 꽤나 허영덩어리여서, 자신이 남몰래 고심했던 작품을 고심하지 않았던 것처럼 과시하고 싶어 하는 법이다.

창작여담

소설이란 건 시시하네요. 아무리 좋은 글을 썼다고 해도, 백 년도 더 전에 훌륭한 작품이 떡하니 어딘가에 나와 있거든요. 더 새롭고 더 나은 작품이 백 년 전에 이미 나와 있다는 말입니다. 우리는 겨우겨우 그 흉내나 낼 뿐이에요.

그는 옛날의 그가 아니다

이것은 성격이 나약한 인간이 가진 특징인지도 모르겠습니다만, 나는 남들이 지나치게 떠들어 대거나 존경하는 작품에는 일단 의혹을 품는 버릇이 있습니다.

내 반생을 말하다

나는 당신에게 "작가는 글을 써야 한다"라고 거듭 충고했을 것입니다. 그 말은 결코 걸작 한 편을 쓰라는 의미가 아니었습니다. 걸작 한 편만 쓸 수 있다면 죽어도 좋다, 그런 글은 없습니다. 작가는 걸음을 걷듯이 항상 글을 써야 한다는 뜻으로 말한 것입니다. 생활과 같은 속도로, 호흡과 같은 박자로, 끊임없이 걸어가야 합니다.

어디까지 가면 한숨 돌릴 수 있을까, 이걸 한 편 쓰면 당분간은 으스대며 게으름을 피워도 될까. 그런 건 학교 시험공부 같은 것이고, 말도 안 되는 소리입니다. 우습게 보는 겁니다. 지위나 자격을 얻으려고 작품을 쓰는 것도 아니겠지요. 살아가는 것과 같은 속도로, 안달하지 않고 게으름 피우지 않고, 끊임없이 글을 써 나가야 합니다. 졸작이니 걸작이니 범작이니 하는 것은 훗날 사람들이 각자의 취향에 따라 정하는 것입니다. 작가가 되돌아가서 그 평가에 참견하는 모습은 이상합니다. 작가는 신경 쓰지 말고 걸어가면 됩니다. 50년, 60년, 죽을 때까지 걸어가야 합니다. 적어도 '걸작' 한 편은 쓰겠다고, 죽을 둥 살 둥 하고 있다면, 그건 도망칠 준비를 하고 있는 사람입니다. 걸작을 쓰고 쉬고 싶다, 자살하는 작가 중에 이런 걸작 의식의 희생자가 많은 것 같습니다.

바람의 소식

당신이 쓴 소설을 누군가가 '여리다'는 이유로 험담한다면, 그 사람은 바보라고 생각합니다. 애초에 '여리다'는 말 자체도 그리 배척당해야 할 말은 아니라고 생각합니다. 옛날의 문학가는 언제나 냉정한 눈을 가진 것에 자부심을 느끼고, 무엇을 봐도 놀라지 않는 것을 자신의 신조로 여겨 왔습니다. 그리고 인생의 '아름다운' 박제를 벽에 걸어두고 즐거워하고 있었던 것입니다. 하지만 넓게 보면 그런 태도야말로, 좋지 않은 의미에서 더 여린 것입니다. 그렇게 생각하지 않습니까?

서간

자신이 쓴 문장이 전혀 읽히지 않을지, 아니면 한번 쓱 훑어볼 정도의 영광은 얻더라도 "뭐야, 이건" 하고 얼굴을 찌푸리게 할지를 분명히 자각하고 있으면서, 그래도 한 자 한 자 진지하게, 생각하고 또 생각해 낸 문장을 써야 한다는 건 괴로운 일이다.

예술을 싫어하다

이 작품이 건강한지 아닌지, 그것은 독자가 결정해 주겠지만, 이 작품은 결코 적당히 얼렁뚱땅 쓴 것이 아니다. 얼렁뚱땅 쓰기는커녕, 목숨을 걸고 쓴 것이다. 이런 소설을 지금 발표하는 것이 나에게 도움이 되지 않을지도 모른다. 하지만 서른한 살은 서른한 살 나름의 이런저런 모험을 해 보는 것이 옳다고 생각한다. 나는 아직 《전쟁과 평화》는 쓸 수 없다. 앞으로도 이리저리 헤맬 것이다. 괴로워할 것이다. 파도는 거칠다. 그 점은 자만하지 않는다. 충분히, 소심할 정도로 조심하고 있다.

이 작품은 형식도, 정감도, 결국 서른한 살의 그것에서 한 발짝도 더 나아가지 않은 것이 분명하다. 하지만 나는 그것에 자신감을 가져야 한다. 서른한 살은 서른한 살처럼 쓸 수밖에 없다. 그것이 가장 좋다고 생각한다.

글을 쓰면서 이상하게 슬퍼졌다. 이런 글을 쓰면 안 되는지도 모른다. 하지만 가슴이 쿵쿵거려, 도저히 쓰지 않고는 견딜 수가 없다. 요즘은 무척이나 조심 또 조심하면서 마치 살얼음 위를 걷는 듯한 기분으로 살고 있다. 너무나 지독하게 당했으니까.

그래도 이젠 괜찮다. 나는 해 볼 테다. 아직은 조금 휘청휘청하지만 그러다 곧 튼튼하게 자라겠지. 거짓말을 하지 않는 생활은 절대로 쓰러지지 않는다.

나는 먼저, 이 말을 믿어야 한다.

나태의 가루타

"자기 혼자 작가랍시고 사는 게 나쁘다는 생각은 하지 않습니까? 작가가 되고 싶어도 꾹 참고 다른 일에 파묻혀 사는 사람도 있을 텐데요."

"그 반대야. 달리 뭘 해도 안 되니까 작가가 됐다고 할 수도 있는 거지."

"그럼 저도 희망이 있는 거군요. 뭘 해도 안 되거든요."

"자넨 지금까지 아무것도 실패한 게 없지 않나. 안 될지 어떨지, 그건 자신이 실제로 해 보고 넘어지고 상처받고, 그러고 나서가 아니면 할 수 없는 말이네.

아무것도 안 했으면서 나는 안 된다고 단정해 버리는 것, 그건 나태야."

부엉이 통신

내가 다자이 오사무에게 바이올린과 같은 애절함을 느낀 것은 그 서정성 때문이었다. 다자이 오사무의 본질은 바로 거기에 있다고 나는 생각한다. 그것이 틀렸다는 말을 듣는다 해도 나는 그 생각을 쉽게 버리지 않을 생각이다. 서정성의 들판에서 나와 가시나무에 찢긴 상처에 천을 감싸지도 않고 태양빛을 받고 있는 것 같은 아픔이 느껴져 견딜 수가 없다.

허구의 봄

말할 수가 없다. 말하고 싶은 것을 말할 수가 없다. 말을 해도 되는 것과 해서는 안 되는 것을 어떻게 구별하는지, 이 작가는 잘 모른다. '도덕의 적성'이라고 부를 만한 것을 아직 소화하지 못한 모양이다. 말하고 싶은 것이 산더미처럼 쌓여 있다. 정말로 말하고 싶다. 그때 문득, 누군가의 목소리가 들려온다.

"뭘 말하든, 자네, 결국은 자네의 자기변호가 아닌가?"

작가의 모습

소설의 묘사가 발칙할 정도로 직관적일 경우, 사람들은 감탄과 동시에 일종의 불쾌한 의혹을 품게 되는 법입니다. 너무 리얼하다. 음란하다. 신을 모독한다. 온갖 말들이 나옵니다. 묘사에 대한 의혹은 끝내는 그렇게 지나칠 만큼 적확하게 묘사한 작가 자신의 인품에 대한 의혹으로 옮겨가게 됩니다.

여자의 결투

조금이라도 소설 읽기에 익숙한 사람이라면 이미 여기까지만 읽어도 이 소설의 묘사가 어딘지 모르게 이상하다는 것을 느꼈을 것입니다. 한마디로 말하면 '냉담함'입니다. 무례할 정도의 '쌀쌀맞음'입니다. 무엇에 대해 무례한 것인가 하고 묻는다면, '눈앞의 사실'에 대해서입니다. 눈앞의 사실에 대한 너무나도 적확한 묘사는 읽는 사람에게 오히려 불쾌한 것입니다.

여자의 결투

많이 팔리는 것이 꼭 최고의 명예는 아니지만, 그래도 아예 안 팔리는 것보다야 조금이라도 팔리는 편이 보람 있어 좋은 것 같다. 하지만 문학책은 만 부 이상 팔리면 위험하다는 생각이 든다. 작가 입장에서 보면 위험하다.

선배 야마기시 가이시 씨의 말에 따르면, 돈이 잔뜩 들어 있는 지갑을 품속에 넣고 다니면 위장이 차가워져 병에 걸린다고 한다. 동전만 넣고 다녀서 그런 게 아니냐고 되물으니, “아니, 지폐도 마찬가지야. 그 종이는 아주 차가워서 그걸 품에 넣고 다니면 반드시 배에 탈이 나니까 조심하게” 하고 진지하게 충고해 주었다.

부를 탐하지 않도록 조심해야 한다.

만년과 여학생

그렇다. 이런 식으로 쓰면 되는 것이다. 역시 소설이란 머리로 생각만 한다고 해서 알 수 있는 게 아니다. 써 보지 않으면 모른다. 그는 가슴 절절히 그렇게 중얼거리며 정말로 즐거웠다고 한다. 알았다, 알았다. 소설은 역시 내 맘대로 써야 하는 것이다. 시험 답안과는 다른 것이다.

원숭이 얼굴을 한 사람

형은 이렇게 말했다.

"소설이 시시하다고는 생각하지 않아. 나한텐 그냥 좀 답답할 뿐이야. 단 한 줄의 진실을 말하겠다고 백 페이지의 분위기를 만들고 있잖아."

나는 무슨 말을 해야 할지 몰라 곰곰이 생각하다가 대답했다.

"정말이지 말은 짧을수록 좋아. 그걸로 믿게 할 수만 있다면."

잎

슬럼프란 열정이 사라진 하얀 태양 아래의 권태, 진공관 안의 무게 잃은 깃털, 좀처럼 견딜 수 없는 것이다. 시시각각의 나의 모습, 웃었다, 화냈다, 하필 이럴 때 훅훅 달아오르는 뺨, 옥수수 우적우적, 혼자 엎드려 훌쩍훌쩍 울면서, 전부 다 쓰고, 장래의 무기력함, 하지만 따뜻하고 젊은 사람을 위해, 소중한 글자임을 의심하지 않고, 그것이 바로 슬럼프의 시작.

창생기

이런 공상 같은 이야기를 부자연스럽지 않게 쓰려면 타오르는 정열이 필요한 것 같다. 이런 기이하고 우연한 가능성을 작가 자신이 먼저 진지하게 믿지 않으면 안 되는 것이다. 할 수 있을지 어떨지, 어쨌든 해 보자.

원숭이 얼굴을 한 사람

촌스러운 사람은 어떻게든 세련된 것을 해 보고 싶어 하는 법이다. 요령과 기지(奇智)를 동경하는 것이다. 촌스러운 사람은 촌스러운 대로 글을 써야 한다. 그럴 때, 요령과 기지 따위를 가진 무리들이 도저히 따라잡을 수 없는 훌륭한 글이 만들어지는 것이다.

덴구

이 소설은 철두철미하게 관념적이다. 육체를 가진 인물이 단 한 사람도 그려지지 않았다. 하나같이 뿌연 유리 너머로 보이는 일그러진, 사람의 그림자뿐이다.

원숭이 얼굴을 한 사람

나는 남에게 제대로 말도 붙일 수 없을 만큼 연약한 성격이고, 그래서 생활력도 제로에 가깝다는 것을 자각하며 어릴 때부터 지금까지 지내 왔습니다. 그래서 나는 오히려 염세주의라고 해도 좋은 사람으로, 사는 것에 그다지 의욕을 느끼지 않습니다. 그저 한시라도 빨리 이 삶의 공포에서 도망치고 싶습니다. 이 세상과 작별하고 싶다는 생각만 어릴 때부터 해 왔습니다.

이런 나의 성격이 내가 문학에 뜻을 두게 된 동기였다고 할 수 있겠지요.

나의 반생을 말하다

강하다는 것, 자신감이 있다는 것, 그것은 절대로 작가를 이루는 중요한 조건이 아니다.

여시아문

맹렬히 글을 쓰고 싶은 아침이 온다.

그날까지 기다려라. 10년. 늦다고 하지 말고.

창생기

祥邨

문학과 예술

문학에서 가장 중요한 것은
'마음을 다하는 것'이다.

문학에서 가장 중요한 것은 '마음을 다하는 것'이다.

'마음을 다하는 것'이라고 하면 여러분들은 이해하지 못할지도 모르겠다. 하지만 그냥 '친절'이라고 말해 버리면 아무 맛도 나지 않는다. 마음가짐, 마음씨, 마음씀씀이. 그렇게 말해도 여전히 딱 와 닿지는 않는다. 다시 말해, '마음을 다한다는 것'이다. 작가가 '마음을 다한 것'이 독자에게 전해졌을 때, 문학의 영원성, 혹은 문학의 고마움이나 기쁨, 그런 것들이 비로소 성립한다고 생각한다.

요리는 배만 실컷 부르면 되는 것이 아니라고 지난달에도 말한 것 같은데, 요리의 진정한 즐거움은 양의 많고 적음에 있는 것도 아니고, 맛이 있고 없음에 있는 것도 아니다. 요리사가 '마음을 다하는 것', 그것이 바로 즐거움이다. 마음을 다한 요리, 아마도 마음속에 떠오르는 게 있을 테다. 맛이 좋을 것이다. 그걸로 된 것이다.

여시아문

오늘은 좀 흥이 나 있는 것 같네요.

그렇습니다. 예술은 그때그때 흥에서 생기는 것입니다.

희미한 목소리

"예술이란 무엇입니까?"
"제비꽃입니다."
"시시하네."
"시시한 겁니다."

"예술가란 무엇입니까?"
"돼지 코입니다."
"그건 심한데."
"코는 제비꽃 향을 알고 있습니다."

희미한 목소리

불멸의 예술가라는 자긍심을 언제나 잊어서는 안 된다. 단지 고개를 치켜들라는 말이 아니다. 죽을 만큼 공부하라는 말이다. 그러고 나서는 남들의 모욕은 털끝만큼도 용납해서는 안 된다. 자신에게 조금의 힘이라도 남아 있다면 그것을 인정받을 때까지 한 발짝도 물러서서는 안 된다.

서간

예술가는 원래 약한 자의 편이었다. 약자의 친구다. 예술가에게는 그것이 출발이자 최고의 목적이다. 이런 단순한 것을 나는 잊고 있었다. 나뿐만이 아니다. 모두가 잊고 있다.

개 이야기

나는 아무래도 예술가라는 것에 마음이 끌리는 결점이 있는 것 같다. 특히 그 사람이 세상으로부터 부당한 말을 듣는 경우에는 더더욱 가슴이 두근거린다.

그는 옛날의 그가 아니다

예술가는 역시 사람이 아닙니다. 그의 가슴속에는 고약한 냄새가 나는 기묘한 벌레가 한 마리 있습니다. 사람들은 그 벌레를 사탄이라고 부릅니다.

여자의 결투

'로코코'라는 말을 얼마 전에 사전에서 찾아보니, '화려함뿐이고 내용이 공허한 장식의 양식'이라고 정의되어 있기에 웃어 버렸다. 명답이다. 아름다움에 내용 따위가 있으면 되겠는가. 순수한 아름다움은 언제나 무의미하고 무도덕하다. 반드시 그렇다.

여학생

진정한 예술가는 야비한 모습을 취할 수밖에 없을 때 그 본연의 아름다움을 발하는 것이다.

서간

나는 서른 살의 초여름, 처음으로 진지하게 작가로 살아가기를 바랐다. 생각하면 늦은 바람이었다. 나는 살림살이 하나 없는 좁은 하숙방에서 열심히 글을 썼다. 하숙집 밥통에 저녁밥이 남아 있으면 몰래 주먹밥을 만들어 두고, 한밤중에 글을 쓰다 배가 고플 때를 대비했다. 이번에는 유서로 글을 쓴 게 아니었다. 살아가기 위해 쓴 것이다.

도쿄팔경

'끌려가는 자의 노래'라는 말이 있다. 야윈 말 위에 실려 형장으로 끌려가는 사형수가 그래도 자신의 비참함을 보이지 않겠다고, 너무나 편안하다는 듯 말 위에서 나지막한 목소리로 부르는 노래를 말한다. 어리석은 억지를 부리는 걸 비웃는 말 같지만, 문학도 그런 것이 아닐까.

생각하는 갈대

진정한 기품이란, 새까맣고 묵직한 큰 바위에 핀 하얀 국화 한 송이다. 흙바닥에 더럽고 큰 바위가 없으면 안 된다. 그것이 진정한 품위라는 것이다.

쓰가루

문학의 길은 조급해할 필요가 없다고 확신하는 사람에게 말씀드립니다. 하늘을 바라보고, 잡념을 갖지 마십시오. 태양과 놀고 천박한 생각을 하지 마십시오. 제 짧은 소견으로는 건강이 제일이라고 말씀드립니다. 천천히 정진하시기 바랍니다.

허구의 봄

새로운 예도(藝道)를 수립한다는 것. 더없이 힘든 일이다. 화살이 머리에는 맞지 않고, 손발에만 맞는다. 참으로 애가 타는 고통이다. 한 알의 겨자씨, 나무가 될 수 있을까, 나무가 될 수 있을까.

정의와 미소

예술가란 자신의 배 속에 아무리 해도 죽지 않는 벌레 한 마리를 품고, 최대의 비극도 냉혹한 눈으로 아무렇지 않게 관찰하는 사람이다.

여자의 결투

진정한 정의는 두목도 없고, 부하도 없고, 그리고 스스로도 약해져서 어딘가에 수용되고 마는 모습에서 찾을 수 있다. 거듭 말하지만, 나는 예술에서는 두목도 부하도, 또 친구조차도 없는 것 같은 생각이 든다.

여시아문

예술은 시합이 아니다. 봉사다. 책을 읽는 사람이 상처받지 않도록 하는 봉사다. 하지만 상처를 받고 기뻐하는 변태도 많은 모양이어서 당해낼 수가 없다.

여시아문

공자가 말했다.

"군자는 남을 즐겁게 해도 자신을 팔지 않는다. 소인은 자신을 팔아도 남을 즐겁게 할 수가 없다."

문학의 우스꽝스러움은 이 소인의 슬픔과 같은 것이다.

벽안탁발

나 자신이 경험하지도 않은 생활 감정을 지레짐작으로 진짜처럼 쓸 만큼 나는 불손한 인간이 아니다. 아니, 아니, 그럴 재능이 없는 건지도 모른다.

나는 내 손으로 더듬어가며 얻은 것이 아니면 절대로 쓸 수 없다. 내가 확신하는 작은 세계만을 발로 밟아 다져가며 나아갈 수밖에 없다. 나는 내 '몫'을 안다.

갈매기

누구나 처음에는 본보기를 따라 계속 연습하지만, 창작자라는 사람이 언제까지나 본보기의 분위기에서 벗어나지 못한다면 참으로 한심스러운 일입니다. 분명히 말하면, 당신은 아직도 누군가의 흉내를 내고 있습니다. 거기에 목표를 두고 있는 것 같습니다.

'예술적'이라고 하는, 모호한 장식의 개념을 버려야 합니다. 산다는 것은 예술이 아닙니다. 자연도 예술이 아닙니다. 더 극단적으로 말하면, 소설도 예술이 아닙니다. 소설을 예술이라고 생각하려는 데서 소설의 타락이 시작되었다는 말을 들은 적이 있는데, 나도 그 말에 동의합니다.

창작에서 무엇보다 노력해야 하는 것은 '정확을 기하는 것'입니다. 그것 말고는 아무것도 없습니다. 풍차가 악마로 보일 때는 주저 없이 악마를 묘사해야 합니다. 또 풍차가 여전히 풍차 이외의 것으로는 보이지 않는다면 그대로 풍차를 묘사하는 것이 좋습니다.

풍차가 풍차 그 자체로 보이는데도, 그것을 악마처럼 묘사하지 않으면 '예술적'이 아니라고 생각해, 이래저래 뻔한 수를 써서 로맨틱한 척하는 멍청한 작가도 있지만, 그런 사람은 평생을 가도 뭐 하나 붙잡을 수 없습니다. 소설에서는 절대로 예술적 분위기를 노려서는 안 됩니다. 그것은 마치 본보기로 삼은 누나의 그림 위에 얇은 종이를 대고 손을 떨며 연필로 베껴 그리는 것 같은, 매우 우스꽝스럽고 유치한 유희입니다. 볼거리라고는 하나도 없습니다. 분위기를 조성하려고 꾀하는 것은 스스로를 더럽히는 것입니다. '체호프적'이라는 둥, 그런 것을 조금이라도 의식한다면, 반드시 무참히 실패하고 맙니다. 무턱대고 문자 배열을 꾸미고, 유난스레 한자를 피하고, 쓸데없이 풍경을 묘사하고, 마구잡이로 꽃 이름을 써넣는 것은 엄하게 삼가고, 오로지 진솔하게 인상을 정확히 묘사하는 것 하나만 노력하십시오. 당신은 아직 당신 자신의 인상이란 것조차 없는 것 같습니다. 그래서는 아무리 시간이 흘러도 뭐 하나 정확하게 묘사할 수 없습니다.

주관적이 되어라! 하나의 강한 주관을 가지고 나아가라. 단순한 눈을 가져라.

예술을 싫어하다

써 주십시오. 부디 우리를 위해서 써 주십시오. 선생의 시처럼 가볍고 깨끗한 시를, 지금 우리는 가장 읽고 싶습니다. 나는 잘 모르지만, 예를 들면, 모차르트의 음악처럼 경쾌하고 고상하며 맑은 예술을, 우리는 지금 원하고 있습니다. 이상하게 과장된 몸짓이나 심각한 척하는 것은 이제 낡아서 뻔한 것입니다. 불탄 자리 한구석에 조금 남아 있는 푸른 풀이라도 아름답게 노래해 줄 시인은 없는 걸까요.

판도라의 상자

소설 속에 '나'라고 칭하는 인물을 등장시킬 때는 꽤 진중한 마음가짐이 필요하다. 일본에서는 그런 경향이 더 심한 것 같은데, 옛날부터 어느 나라 사람이든 자기 자신은 고상한 척하면서 픽션을 작가의 추문이라고 믿고 그를 비난하고 비웃는 나쁜 버릇이 있다. 그건 분명 나쁜 버릇이다.

봄의 도적

사실이 소설보다 더 기이하다고 말하는 사람도 있는 모양이지만, 이 세상에는 그 누구도 모르는 사실도 있는 것입니다. 게다가 그렇게 누구의 눈에도 띄지 않는, 인생의 한쪽 구석에서 벌어지고 있는 사실에서 정말로 고귀한 보석이 반짝이는 경우가 많습니다. 그것을 하늘이 내려준 신비로운 촉각으로 찾아내는 것이 바로 문예입니다. 그렇기 때문에 문예의 창조는 세상에서 칭송받는 사실보다 더 진실에 가깝습니다. 문예가 없다면 이 세상은 빈틈투성이입니다. 문예는 그 불공평한 구덩이를, 물이 낮은 곳으로 흘러내리듯이 저절로 메워 가는 것입니다.

석별

베토벤이 최고지, 리스트는 이류야, 하고 소위 그 분야의 '전문가'라는 사람들이 침을 튀겨 가며 토론을 벌이는 동안, 대중들은 그런 토론 따위에는 아랑곳하지 않고 얼른 저마다 좋아하는 곡에 귀를 기울이며 즐기고 있는 게 아닐까.

판도라의 상자

나의 자랑스러운 선배 하나가 말했다. 자네, 그건 빨리 글로 쓰지 않으면, 아이가 눈 토끼를 솜으로 감싸 서랍 속에 넣어 두는 것과 같아서 녹아 없어지는 법이야. 나중에 혼자서 즐기겠다고 서랍 속에 넣어 두었다가 살짝 열어 봤더니, 이미 녹아서 빨간 남천나무 열매 눈알만 두 개 남았다는 마사요시의 실패인가 하는 만화를 우리 집 아이들이 읽고 있던데, 아름다운 추억도 그런 거야. 열정이 사라지기 전에 글로 쓰게. 쇠는 벌겋게 달구어졌을 때 두드리라는 말이 있지 않은가.

허구의 봄

세상 사람들에 대한 나의 감정은 여전히 언제나 부끄러움이며, 키를 두 치쯤 낮춰서 걸어야만 할 것 같은 느낌으로 살아왔습니다. 그리고 이런 것에도 내 문학의 근거가 있는 것 같은 느낌이 듭니다.

내 반생을 말하다

걸작도 졸작도 있을 리가 없습니다. 사람들이 좋다고 하면 좋아지고, 나쁘다고 하면 나빠지는 것입니다. 마치 내쉬는 숨과 들이마시는 숨 같은 것입니다.

비용의 아내

위대한 예술가는 전부 어딘가 아마추어 같은 데가 있다. 그래서 좋은 것이다. 처음에는 아마추어였다가 나중에 프로가 되고, 그다음에 또 아마추어가 된다.

어릿광대의 꽃

문학에서 '난해함'은 있을 수 없다. '난해함'은 '자연' 속에만 있는 것이다. 문학이란 그 난해한 자연을 저마다 자신만의 관점에서 싹둑 잘라(자른 척하며), 그 자른 단면의 깔끔함을 자랑하는 것에 숨겨져 있는 게 아닐까.

생각하는 갈대

읽어서 재미없는 소설은 말이죠, 그건 어설픈 소설입니다. 무서워할 것 없습니다. 재미없는 소설은 딱 잘라 거부하는 게 좋습니다.

하나같이 재미가 없으니까요. 재미있게 쓰려고 애쓰다가 재미고 뭐고 아무것도 없는 소설, 그건 말이죠, 보세요, 왠지 죽고 싶은 심정이죠.

이런 식의 말투가 얼마나 기분 나쁘게 들리는지, 저도 알고 있습니다. 그야말로 사람을 바보 취급하는 말투인지도 모르지요.

하지만 나는, 나 자신의 감각을 속일 수가 없습니다. 시시합니다. 이제 와서 당신한테 아무것도 말하고 싶지 않습니다.

격정의 끝에, 사람은 어떤 표정을 지을까요. 무표정.

나는 미소 짓는 가면이 되었습니다. 아니요, 잔인한 부엉이가 되었습니다. 무서운 건 없습니다. 나도 이제 겨우 세상을 알게 되었다, 그뿐입니다.

《만년》을 읽으시겠습니까?

아름다움은 남이 가리켜서 느끼는 것이 아니라, 스스로, 혼자서, 문득 발견하는 것입니다.《만년》안에서 당신이 아름다움을 발견할 수 있을지 어떨지, 그건 당신의 자유입니다. 독자의 황금 같은 권리입니다. 그래서 그다지 권하고 싶지 않습니다. 모르는 녀석은 두들겨 패도 절대 알 수 없으니까요.

이제 그만하고 실례하겠습니다. 저는 지금, 대단히 재미있는 소설을 쓰는 중이라서 반쯤은 건성으로 이야기를 했습니다. 용서해 주십시오.

《만년》에 대해서

나는 그날 밤, 드디어 알았다. 나는 출세할 유형이 아니다. 포기해야 한다. 성공해서 귀향하겠다는 꿈을 지금 확실히 단념해야만 한다. 인간은 어디를 가더라도 뼈 묻을 장소는 있는 법이니 마음을 느긋하게 먹고 차분해져야 한다. 나는 평생 거리의 악사로 생을 마칠지도 모른다. 멍청하고 고집스러운 이 음악은 듣고 싶은 사람만 들으면 된다. 예술은 명령할 수 없다. 예술은 권력을 얻는 동시에 사멸한다.

젠조를 생각하다

바다 요괴 같은 것을 즐겨 그린 뵈클린(Arnold Böcklin)이라는 화가를 다들 알고 있을 것이다. 그의 그림은 조금 유치해서 결코 훌륭하지는 않은데, 그중에 《예술가》라는 제목의 그림이 한 장 있다. 넓은 바다 외딴섬에 초록 잎이 무성한 굵은 나무 한 그루가 있고, 그 나무그늘에 몸을 숨긴 채 작은 피리를 불고 있는, 참으로 꾀죄죄하고 이상한 생물이 있다. 그는 자신의 더러운 몸을 숨긴 채 피리를 불고 있다. 섬의 바닷가에는 아름다운 인어들이 모여 넋을 놓고 그 피리 소리에 귀를 기울이고 있다. 만약 그들이 그 피리 소리의 주인의 모습을 보았다면, 어머나! 하고 외치면서 까무러쳤을 게 분명하다. 예술가는 그래서 자신의 몸을 꼭꼭 숨긴 채 그저 피리 소리만 불어 보낸다.

여기에 예술가의 비참한 고독의 숙명이 있고, 예술의 살을 에는 듯한 진정한 아름다움, 기품, 에잇, 뭐라고 해야 할까, 그러니까 예술, 그 녀석이 있는 것이다.

나는 단언한다. 진정한 예술가는 추하다. 찻집에서 거들먹거리는 호색남은 가짜다. 안데르센의 《미운 오리 새끼》 이야기를 알고 있을 것이다. 작고 귀여운 오리 새끼들 가운데 한 마리, 너무나 꼴사납고 추한 새끼가 섞여 있어 모두에게 학대와 비웃음을 받는다. 하지만 그것은 뜻밖에도 백조의 새끼였다.

거장의 청년 시대는 예외 없이 추하다. 그것은 결코 살롱에 어울리는 사랑스러운 모습이 아니었다.

십오 년간

이가 흐물흐물 빠지고, 등은 굽고, 천식으로 괴로워하면서도 어두컴컴한 골목길에서 온 힘을 다해 바이올린을 켜고 있는, 초라하고 늙은 거리의 악사를 보고 당신은 비웃을 수 있는가?

나는 나 자신이 그와 비슷하다고 생각한다. 사회적으로는 나는 애초부터 실패했다. 하지만 예술. 이 말을 입에 올리는 것조차 너무 부끄러워 견딜 수가 없지만, 나는 한결같은 마음으로 그것을 밝혀낼 것이다. 한 남자가 평생의 업으로 삼기에 충분한 일이라고 생각한다.

거리의 악사에게는 거리의 악사만의 왕국이 있는 것이다.

갈매기

"뤼시엔느여, 나는 어떤 성악가를 알고 있었다. 그는 약혼녀의 죽음을 눈앞에 두고 임종을 지켜볼 때, 곁에서 그 약혼녀의 여동생이 몸을 떨며 목놓아 우는 소리를 들으며, 마음속으로는 약혼녀의 죽음을 슬퍼하면서도 여동생의 울음소리에 발성법상의 결함이 있다는 것을 알아차렸다. 저 울음소리에 박력을 더하려면 적절한 훈련이 필요하지 않을까. 문득 그런 생각이 든 것이다. 그리고 그 성악가는 약혼자와 사별한 슬픔을 견디다 못해 얼마 후 죽고 말았다. 하지만 그 약혼녀의 여동생은 세상의 규범에 따라 언니의 상이 끝나자마자 거리낌 없이 상복을 벗어 버렸다."

이것은 내가 쓴 문장이 아닙니다. 다쓰노 유타카 선생이 번역한 프랑스 작가 빌리에 드 릴 아당 씨의 소설입니다.

이 짧은 실화를 다시 한번 읽어 보십시오. 찬찬히 읽어 보십시오. 매정함은 오히려 눈물이 잦은 세상 사람들 중에 많은 법입니다. 예술가는 좀처럼 눈물을 흘리지 않지만, 남몰래 심장을 찢고 있습니다. 남의 비극을 눈앞에 두고, 눈도, 귀도, 손도 차갑지만 가슴속의 피는 다시는 예전으로 돌아갈 수 없을 만큼 격렬히 뛰고 있습니다.

여자의 결투

나 역시 약을 먹을 때는 먼저 그 약품에 붙어 있는 효능서를 꼼꼼히 읽고, 영어로 쓰여 있는 부분까지 어설픈 어학 실력으로 독파하고 나서야 비로소 유쾌한 미소를 띠며 그 우수(하다고 쓰여 있는) 약품을 복용하고는, 당장에라도 약효가 나타난 듯한 착각에 빠져 만족스러운 상태가 됩니다. 효능서 없는 약품이란, 줄 없는 바이올린처럼, 한없이 불안한 마음이 듭니다. 효능서는 없어서는 안 되는 것이겠지요.

하지만 예술이 약인지 아닌지에 관해서라면, 살짝 의문이 생깁니다. 효능서가 붙어 있는 탄산음료를 생각해 보십시오. 위장에 도움이 된다고 하는 교향곡을 생각해 보십시오. 벚꽃을 보러 가는 것이 축농증을 고치기 위해서는 아닐 테지요.

나는 이런 생각까지 합니다. 예술에 대해 의의나 이익의 효능서를 원하는 사람은 오히려 자신이 살아 있는 것에 자신감을 가지지 못한 병약한 인간이라고 말입니다.

정직 노트

나는 노인에게 감탄한 적이 딱 한 번 있다. 해 질 녘 공중목욕탕의 세면장 한구석에서 혼자 꼼지락꼼지락 움직이고 있는 노인이 있었다. 보니까, 허술한 일본식 면도날로 수염을 깎고 있다. 거울도 없이 어슴푸레한 어둠 속에서 침착하게 깎고 있다. 그때만큼은 신음소리가 나올 정도로 감탄했다. 수천 번, 수만 번이라는 경험이 이 노인에게 거울도 없이 손으로 더듬어 가며 얼굴의 수염을 수월하게 깎는 법을 가르쳐 준 것이다. 이렇게 쌓여 온 경험은 우리가 아무리 발버둥친다 해도 이길 수가 없다. 그런 생각을 한 뒤로 주의 깊게 살펴보니, 예순이 넘은 집주인 할아버지 역시 뭐든지 모르는 게 없다. 정원수를 옮겨 심는 계절은 장마철이 최고라는 둥, 개미를 퇴치하려면 이래야 한다는 둥, 대단히 박식하다. 우리보다 마흔 번이나 많은 여름을 맞고, 마흔 번이나 많은 꽃을 보고, 어쨌든 마흔 번, 아니 그보다 더 많은 봄과 여름과 가을과 겨울을 보아 온 것이다. 하지만 예술에 관한 한 그렇게는 되지 않는다. '점찍기 3년, 선긋기 10년' 같은 비장한 수련의 규칙은 옛 장인의 무지한 영웅주의에 지나지 않는다. 쇠는 벌겋게 달구어졌을 때 두드려야 한다. 꽃은 만개했을 때 바라보아야 한다. 나는 만성(晩成)의 예술이라는 것을 부정한다.

생각하는 갈대

영화를 좋아하는 사람 중에는 겁쟁이가 많다. 나만 하더라도 마음이 약해졌을 때는 훌쩍 영화관에 들어간다. 마음이 거칠게 날뛸 때는 영화 따위는 거들떠보지도 않는다. 시간이 아깝다.

뭘 해도 불안해서 견딜 수가 없을 때, 영화관에 들어가면 조금 안심이 된다. 깜깜하니까 얼마나 마음이 놓이는지 모른다. 아무도 내게 관심을 주지 않는다. 영화관 한쪽 구석에 앉아 있는 몇 시간만큼은 세상과 완전히 떨어져 있다. 그렇게 좋은 곳이 없다.

약자의 양식

나는 거의 모든 영화에 눈물을 흘린다. 볼 때마다 운다고 해도 과언이 아니다. 졸작이든 걸작이든, 그런 비판을 할 여유를 가진 적이 없다. 관중과 함께 껄껄 웃고, 관중과 함께 우는 것이다.

약자의 양식

문화라고 쓰고 '수줍음'이라고 읽는 것, 대찬성.

사람을 염려하고, 남의 외로움과 쓸쓸함, 괴로움에 민감한 것, 이것이 다정함이며, 또한 인간으로서 가장 뛰어난 점이 아닐까요. 그리고 그런 다정한 사람의 표정은 언제나 '수줍음'입니다. 저는 수줍음 때문에 제 몸을 망치고 있습니다. 술이라도 마시지 않으면 말도 제대로 하지 못합니다. 거기에 '문화'의 본질이 있다고 나는 생각합니다.

만약 '문화'가 그런 것이라면, 그것은 나약해서 패할 것입니다만, 그래도 좋다고 생각합니다. 나는 나 자신을 '멸망의 백성'이라고 생각합니다. 패하고 멸망하고, 그 중얼거림이 우리의 문학인지도 모르겠습니다.

서간

내가 정말로 싫어하는 것은 낡은 것을 낡은 그대로 받아들이는 사람들이다. 새로운 질서라는 것도 있는 법이다. 그것이 질서정연하게 보일 때까지는 약간의 혼란이 일어날지도 모른다. 하지만 그것은 금붕어 어항 속에 수초를 넣을 때 생기는 약간의 혼탁함 같은 것이 아닐까.

여시아문

《전쟁과 평화》나 《까라마조프의 형제들》은 아직 내가 쓸 수 없다. 그건 분명히 말할 수 있다. 절대로 쓸 수 없다. 마음만큼은 다다랐다고 해도 그것을 계속 유지하며 버틸 역량이 없는 것이다. 하지만 나는 그렇게 슬프지는 않다. 나는 오래 살 생각이다. 해 볼 작정이다. 이 각오도 요즘 들어 겨우 생겼다. 나는 문학을 좋아한다. 그 점은 대단한 것이다. 조롱하면 안 된다. 좋아하지 않으면 할 수 있는 일이 아니다.

나태의 가루타

나는 아무짝에도 쓸모없는 남자이지만, 문학만큼은 좋아한다. 세끼 밥보다 좋아한다는 말이 내게는 무리한 비유가 아니다. 사실 나는 좋은 작품이라면, 세 끼를 한 끼로 줄인다 해도 그것에 푹 빠져, 고통을 느끼지 않는다. 나는 그런 바보다.

봄의 도적

나는 친구가 손가락으로 꼽을 정도밖에 없다. 나는 그 몇 안 되는 친구에게도 내 작품을 설명한 적이 없다. 글을 발표해도 잠자코 있는다. 그 부분에서는 고심했습니다, 이런 말을 한 적이 한 번도 없다. 흥이 깨지기 때문이다. 그런 고심담으로 남을 압도하면서까지 의리의 갈채를 받을 생각은 없다.

예술은 그렇게 남에게 강요하는 것이 아니라고 생각한다.

자작을 말하다

훌륭한 예술가는 분명 충실한 가정생활이 있습니다. 책 한 권을 읽으면 곧바로 독서 감상문. 사흘 여행을 갔다 오면 여행기. 감기로 하루 드러누우면 병상기.

이래서는 견딜 수가 없습니다. 남들처럼 생활해야 한다고 생각합니다. 눈에 불을 켠 채 작품밖에 생각하지 못하는 사람은 분명 괴로울 것입니다. 작품을 서두르지 않고 풍요로운 가정생활을 누리기를 진심으로 바랍니다.

애송이가 건방진 말을 했으니, 용서해 주십시오.

서간

돌이켜 보면, 문학을 지향하게 된 뚜렷한 동기는 저 스스로도 잘 모르겠고, 거의 무의식이라고 해도 좋을 만큼 언제부터인지도 모르게 문학의 들판을 걷고 있었던 것 같은 느낌이 듭니다. 정신을 차려 보니 나아갈 길도 천 리, 되돌아갈 길도 천 리, 이러지도 저러지도 못하고 문학의 들판 한복판에 서 있는 것을 깨닫고 아주 놀랐다는 것이 가장 진실에 가까울 것입니다.

나의 반생을 말하다

祥邨

인간

어른이란 외로운 사람이다.
서로 사랑하고 있어도 조심하며
남남처럼 서먹서먹하게 대해야 한다.

어른이란 외로운 사람이다. 서로 사랑하고 있어도 조심하면서 남남처럼 서먹서먹하게 대해야 한다. 어째서 조심하지 않으면 안 되는 걸까. 답은 간단하다. 보기 좋게 배신을 당해 큰 창피를 겪은 일이 너무 많기 때문이다. 사람은 믿을 수 없다, 이 발견은 청년이 어른으로 옮겨가는 첫 번째 과정이다. 어른이란 배반당한 청년의 모습이다.

쓰가루

외로울 때 외로운 듯한 표정을 짓는 것, 그건 위선자가 하는 짓이다. 남이 외로움을 알아주기를 바라며 더한층 안색을 바꿔서 보여 주는 것뿐이다. 네가 진심으로 신을 믿는다면, 외로울 때도 아무렇지 않은 척하며 얼굴을 깨끗이 씻고, 머리에 기름을 바르고, 미소를 짓고 있는 것이 좋다. 모르겠나? 외로움은 남이 알아주지 않아도, 보이지 않는 어딘가에 있는 너의 진정한 아버지만 알아준다면 그것으로 충분하지 않은가? 그렇지 않은가? 외로움은 누구에게나 있는 것이다.

직소

남이 자신을 비난하거나 화를 낼 때 기분 좋은 사람은 아무도 없겠지만, 나는 화내는 인간의 얼굴에서 사자보다도 악어보다도 용보다도 더 무시무시한 동물의 본성을 봅니다. 평소에는 그 본성을 숨기고 있는 것 같지만, 뭔가를 계기로, 예를 들면 소가 초원에서 느긋하게 자다가 갑자기 배에 붙은 쇠파리를 꼬리로 탁 때려죽이는 것처럼, 생각지도 못한 인간의 무시무시한 정체가 분노에 의해 폭로하는 모습을 보면 나는 언제나 머리털이 쭈뼛 서는 듯한 소름이 끼쳤습니다. 그리고 그 본성 역시 인간이 살아가기 위한 자격의 하나인지도 모른다고 생각하니, 나 자신에게 온통 절망감이 들었습니다.

인간실격

"브루투스, 너마저."

인간, 이런 쓴맛을 보지 않은 자가 일찍이 한 사람이라도 있었을까. 내가 가장 신뢰하는 사람이야말로 내 생애의 중대한 순간에, 반드시, 내 얼굴에 더러운 돌을 던진다. 툭 하고 던진다.

생각하는 갈대

신나게 자신을 마구 비하하는 녀석은 세상에서 가장 나약하다. 남에게 이러쿵저러쿵 말하면 그 사람에게 미움을 받을까 봐 쭈뼛쭈뼛한다. 그러면서도 욕은 하고 싶어 한다.

결국 자기 자신의 험담을 하지 않으면 안 되는 것이다. 자신을 험담하면, 누구에게도 미움받을 걱정은 없으니까.

슈주라쿠

'인간은 왜 서로를 평가하지 않으면 살아갈 수 없는 걸까.' 이런 소박한 의문에 대해 느긋하게 고개를 저으며 생각한다.

'모래밭의 싸리꽃도, 기어가는 작은 게도, 강가에 쉬는 기러기도, 그 무엇도 나를 평가하지 않는다. 인간도 마땅히 그래야 한다. 사람은 저마다 살아가는 방식이 있다. 그 방식을 서로 존경하며 살아갈 수는 없는 걸까. 누구에게도 해를 끼치지 않으려고 애쓰며 고상하게 살고 있는데도, 사람들은 여전히 이러쿵저러쿵 말을 한다. 시끄러운 존재다.'

옛날이야기

내 현재 입장에서 말하면, 나는 좋은 친구를 무척이나 원하지만, 아무도 나와 놀아 주지 않기 때문에 자연히 '고저(孤低)'해질 수밖에 없다. 하지만 이것도 거짓말이고, 나는 내 나름대로 '패거리'의 괴로움을 예감하고는 오히려 '고저'를 택하는 편이, 이것도 결코 좋은 건 아니지만, 오히려 그렇게 사는 편이 마음 편할 것 같았기에 굳이 친구 관계를 맺지 않은 것뿐이다.

그래서 '패거리'에 대해 조금 더 말하고 싶다. 나에게 (다른 사람은 어떤지 모르겠지만) 가장 고통스러운 건, 같은 '패거리' 일당의 멍청함을 멍청하다고 말하지 못하고 오히려 칭찬해야 하는 의무에 대한 부담감이다. 싸잡아 말해 미안하지만, '패거리'란 밖에서 볼 때는 소위 '우정'으로 맺어지고, 응원단의 박수처럼 걸음걸이도 말투도 서로 딱딱 맞아떨어지는 것처럼 보여도, 정작 가장 증오하는 사람은 같은 '패거리' 안에 있는 인간이다. 오히려 내심 의지하고 있는 사람은 자기 '패거리'의 적들 안에 있는 것이다.

자기 '패거리' 안에 있는 싫은 녀석만큼 다루기 곤란한 것은 없다. 그것은 평생 자신을 우울하게 만드는 씨앗이라는 걸 나는 알고 있다.

새로운 패거리의 형식, 그것은 동료들끼리 공공연히 배신하는 것에서 시작될지도 모른다.

우정. 신뢰. 나는 그것을 '패거리' 안에서 본 적이 없다.

패거리에 대해

나는 인간이 싫습니다. 아니, 무섭습니다. 남과 얼굴을 맞대고, 별일 없으십니까, 추워졌네요, 하고 마음에도 없는 인사말을 적당히 하고 있으면, 왠지 세상에 나 같은 거짓말쟁이도 없을 것만 같은 괴로운 기분이 들어 죽고 싶어집니다. 상대방 역시 덮어놓고 나를 경계하여, 애매모호한 아부와 거들먹대는 거짓 감상 따위를 말합니다. 나는 그것을 듣고 있으면 상대방의 옹졸한 용의주도함이 슬프고 더더욱 세상이 싫어져 견딜 수가 없습니다. 세상 사람이란 이렇게 서로 딱딱한 인사말을 주고받으며 조심조심하고 그렇게 서로에게 지쳐 가며 평생을 보내는 것일까요.

기다리다

인간은 정직해야 한다고 요즘 절실히 느낍니다. 어리석은 감상이지만, 오늘도 길을 걸으면서 절절히 그것을 느꼈습니다. 속이려고 하니까 사는 게 어렵고 복잡해지는 것입니다. 정직하게 말하고 정직하게 나아가면, 생활은 정말로 간단해집니다. 실패라는 게 없어집니다. 실패란 속이려다가 끝까지 속이지 못한 경우를 말하는 것입니다.

그리고 무욕이란 것도 중요합니다. 욕심을 부리면 아무래도 조금은 속이고 싶어지고, 한번 속이려 들면 이것저것 복잡해지다가 끝내는 속셈이 드러나서 한심한 꼴을 당하게 됩니다. 뻔하디뻔한 감상이지만, 그래도 이만큼 깨우치는 데 저는 삼사 년이 걸렸습니다.

일문일답

늘 우리 집에 놀러 오는 사람이 나도 모르는 사이에 나를 비평하는 듯한 글을 쓴 것을 우연히 잡지나 신문에서 보았을 때, 정말이지 생각지도 못한 기분이 들었다. 그 글의 옳고 그름을 떠나, 왠지 서먹서먹하고 배반 비슷한 감정마저 드는 건 나뿐일까.

작은 사진

성실한 인간이 어떤 인간인지 알고 있습니까? 나를 사랑하는 것처럼 남을 사랑할 수 있는 사람만이 성실한 인간입니다. 당신은 그럴 수 있습니까? 어설픈 말은 그만두십시오. 당신은 언제나 자신만 생각합니다. 자신과 가족, 기껏해야 주변에 자신에게 도움이 될 만한 두세 명을 사랑하는 것뿐 아닙니까?

바람의 소식

놀리는 건 그만둬라. 사람을 아무렇지 않게 놀리는 것은 비열한 심정의 증거다.

욕을 하려면 제대로 욕하는 것이 좋다.

다스 게마이네

무심코 입을 놀린 한마디에 끝장, 이 세상에서 완전히 매장된다. 가슴속 깊디깊은 곳에 묻어 둔 그런 비밀을, 당신은 아마 서너 개쯤 갖고 있을 것이다.

벽안탁발

구세대 사람들은 심술궂습니다. 이러쿵저러쿵 진부하기 짝이 없는 문학론인지 예술론인지 부끄러운 줄도 모르고 늘어놓으며, 죽을힘을 다해 돋아나는 새싹을 밟아 뭉개고, 그것도 모자라 자신의 죄악을 전혀 깨닫지 못하는 모습을 보면 기가 막힙니다. 밀어도 당겨도 꿈쩍도 하지 않습니다. 그저 목숨이 아까워서, 돈이 아까워서, 출세해서 처자식을 기쁘게 해 주고 싶어서, 그것 때문에 패거리를 만들고 무조건 자기 동료를 치켜세우며, 말하자면 일치단결하여 고독한 사람을 괴롭힙니다.

미남자와 담배

도대체 악마니 악귀니 하는 것이 이 세상에 있을까요? 내게는 모든 인간이 선하고 나약한 사람으로 보일 뿐입니다. 남의 잘못을 비난할 수가 없습니다. 그런 잘못을 저지른 것도 무리는 아니라는 생각이 듭니다. 진정으로 악한 사람을 나는 본 적이 없습니다.

다들 비슷비슷한 사람들이 아닙니까?

누구

허영(vanity). 그 강인함을 얕잡아 봐서는 안 된다. 허영은 어디에나 있다. 승방 안에도 있다. 감방 안에도 있다. 심지어 무덤 속에도 있다. 그것을 보고도 못 본 척해서는 안 된다. 똑바로 마주 보고 자신의 허영과 이야기해 보는 것이 좋다.

나는 남의 허영을 비난하려는 생각은 없다. 다만, 자신의 허영을 거울에 비춰 찬찬히 바라보라는 말이다. 보고 난 결과는 굳이 남에게 말하지 않아도 된다. 말할 필요는 없다. 그렇지만 한 번은 거울을 마주 보고 바라볼 필요는 있다. 그것을 한 번 본 사람, 그 사람은 생각이 깊어질 것이다. 겸손해질 것이다. 신의 문제를 생각하게 될 것이다.

거듭 말한다. 나는 허영이 나쁘다고 말하지는 않는다. 그것은 어떤 경우, 생활의 의욕과 연결된다. 높은 리얼리티와도 연결된다. 심지어 애정과도 연결된다.

나는 많은 사상가들이 신앙과 종교를 설명하면서도, 한 발짝 바로 앞에 있는 현세의 허영에 대해서는 솔직하게 말하지 않는 것이 이상하게 여겨질 뿐이다.

답안낙제

세상 사람들은 전부 다 거짓말쟁이여서 말을 주고받기가 싫어졌다. 다들 거짓말만 하고 있다. 그리고 더 무서운 건 그런 자신의 거짓말을 스스로 알아차리지 못한다는 것이다.

옛날이야기

나의 수많은 악덕 중에서 가장 두드러진 악덕은 게으름이다. 이건 더 이상 의심의 여지가 없다. 정말이지 어지간하다. 적어도 게으름에 관해서만큼은 나는 진짜다. 설마하니 자랑삼아 말하는 건 아니다. 정말이지 나 스스로도 질려 버렸다. 이것은 나의 최대 결함이다. 분명 부끄러워해야 할 결함이다.

나태의 가루타

인사를 잘하는 남자가 있다. 혀가 살랑거리는 느낌이 든다. 거기에 온 정력을 쏟아붓고 있는 것처럼 보인다. 부끄럽지 않은가.

벽안탁발

괴롭다는 둥, 고매하다는 둥, 순결하다는 둥, 순수하다는 둥, 이제 그런 말은 듣고 싶지 않다. 써라. 만담도 좋고, 짧은 콩트도 좋다. 쓰지 않는다는 건 예외 없이 게으름이다. 어리석고 못난 맹신이다. 사람은 자기 이상의 일도 할 수 없고, 자기 이하의 일도 할 수 없다. 일하지 않는 자는 권리가 없다. 인간실격, 당연한 것이다.

나태의 가루타

인간은 평생 인간의 애증 속에서 괴로워해야 합니다. 벗어날 수는 없습니다. 견디며 노력을 쌓아갈 뿐입니다. 학문도 좋지만, 함부로 탈속(脫俗)을 뽐내는 것은 비겁합니다.

좀 더 진지하게 이 속세를 아끼고, 슬퍼하고, 평생 그곳에 열중해 보십시오. 신은 인간의 그런 모습을 가장 사랑합니다.

지쿠세이

나는 이 세상에 살아 있다. 하지만 그것은 나의 극히 일부분밖에 되지 않는다. 마찬가지로 자네도, 또 저 사람도, 그 대부분은 남이 전혀 알 수 없는 곳에 살아 있음이 틀림없다.

포스포레센스

말이란 살아 있는 것의 불안에서 싹튼 게 아닐까요. 썩은 땅에서 붉은 독버섯이 자라나듯이, 생명의 불안이 말을 발효시킨 게 아닐까요. 기쁨의 말도 있기야 있겠지만, 그것조차도 흉측한 속셈을 품고 있는 게 아닐까요. 인간은 기쁨 속에서조차 불안을 느끼는 걸까요. 인간의 말은 전부 속셈입니다. 그럴듯한 척하는 것입니다. 불안이 없는 곳에서는 그런 흉측한 속셈 따위 아무것도 필요 없겠지요.

옛날이야기

사람은 순간순간 움직이는 마음의 모습 전부가 진실이라고 생각해서는 안 됩니다. 자기 것도 아닌 어떤 비열한 상념을 자신의 타고난 본성으로 착각하고 괴로워하는 심약한 사람이 꽤 많은 것 같습니다. 비열한 희망이 마음속에 얼핏 떠오르는 일은 누구에게나 있습니다. 시시각각, 온갖 미추의 상념이 마음속에 떠올랐다 사라지고, 또 떠올랐다 사라지고, 그러면서 사람은 살아갑니다. 그럴 때 추한 것만을 진짜 모습이라 믿고, 아름다운 희망도 인간에게 있다는 사실을 잊어버리는 것은 잘못입니다. 순간순간 움직이는 마음의 모습은 전부 '사실'로서 존재하지만, 그것을 '진실'이라고 단정하는 것은 잘못입니다.

진실은 언제나 하나가 아닙니까. 그 밖의 다른 것은 전부 믿지 않아도 됩니다. 잊어버려도 됩니다.

여자의 결투

불쌍하고 비굴한 남자도 이런 식으로 생각함에 따라 조금씩 인간의 위치를 바로잡게 된 것입니다. 악하다고 생각했던 사람이 점점 선하게 변해 가는 것을 보는 것만큼 즐거운 일은 없습니다.

여자의 결투

인간은 서로를 전혀 모르고 완전히 잘못 보고 있으면서도, 둘도 없는 친구라고 믿고는, 평생 그것을 알아차리지도 못하다가, 상대방이 죽으면 울면서 조문 같은 것을 읽는 건 아닐까요?

인간실격

젊은 시절 교만의 날개는 그냥 의미도 없이 퍼덕이고 싶은 법입니다. 무턱대고 몸부림치고 싶은 것입니다. 나는 그것을 동물적인 본능이라고 생각합니다. 그 동물적인 본능에 이런저런 이상이나 정의로운 구실을 갖다 붙이며 낑낑대는 것입니다.

신햄릿

인간의 가장 비통한 표정은 눈물도 아니고 백발도 아니다. 미간의 주름은 더더욱 아니다.

가장 고뇌가 클 때, 인간은 가만히 미소를 짓는다.

교겐의 신

도저히 도망칠 수 없을 만큼 괴로움의 밑바닥까지 떨어지면, 인간은 새로운 용기를 얻는 법이다.

신햄릿

겁쟁이는 행복조차도 두려워하는 법입니다. 솜뭉치에도 몸을 다칩니다. 행복에 상처받기도 하는 것입니다.

인간실격

순수를 좇아 질식하기보다, 나는 탁해도 커지고 싶다. 지금은 그렇게 생각한다. 별것 아니다. 한마디로 말할 수 있다. 지고 싶지 않은 것이다.

나태의 가루타

인간은 착한 일을 하고 싶어 하는 본능이 있습니다. 남에게 감사 받고 싶어 하면서 살아가는 법입니다.

신햄릿

나에게서 책 읽기를 없애 버린다면, 경험 없는 나는 울상을 짓겠지. 그만큼 나는 책에 쓰인 것에 의존하고 있다. 한 권의 책을 읽으면 확 그것에 몰입하고, 신뢰하고, 동화하고, 공감하고, 그 책에 생활을 바싹 밀착시켜 본다. 그러다 또 다른 책을 읽으면 금세 홱 변해서 시치미를 뗀다. 남의 것을 훔쳐 와서 자기 것으로 버젓이 만들어 내는 그 재능은, 그 뺀질뺀질함은 나의 유일한 특기다.

여학생

많은 사람이 모였을 때 나는 얼마나 비굴해지는 걸까. 입 밖에 꺼내고 싶지도 않은 말, 내 기분과는 완전히 동떨어진 말, 거짓말을 술술 주절댄다. 그러는 편이 이득이라고 생각하기 때문이다. 싫다. 도덕이 확 바뀌는 때가 빨리 오면 좋겠다.

여학생

어느 정도의 지위도 얻었고, 명성까지도 얻은 것 같다, 근데 얻고 보니 시시하네, 아무것도 아니군, 하루하루 사는 데 불편함이 없을 만큼의 재산도 생겼고, 내 능력의 한계도 알게 됐어, 뭐, 이 정도면 된 거지? 더 이상 무리해서 노력해 봤자 별 대단할 것도 없어, 이렇게 점점 늙어 가는 거지, 하고 깨달았을 때, 사람은 하다못해 또 한 번의 모험을 동경하게 되는 것이 아닐까.

여자의 결투

사람이 '순진함'이라는 이름을 내걸고 있는 것의 모습을 보면 대개는 연기다. 연기가 아니면 바보다. 우리 집 딸이 네 살인데 올해 팔월에 태어난 갓난아기의 머리를 탁 때리곤 한다. 이런 '순진함'의 어디가 귀하다는 것인가. 감각만의 인간은 악귀와 비슷하다. 어떻게든 윤리의 훈련이 필요하다.

교겐의 신

이것은 인간성 일반의 큰 문제라고 생각하는데, 만약 오늘 밤 죽을지도 모른다면, 물욕도 색욕도 깨끗이 잊어버리지 않을까 하는 생각이 들지만, 좀처럼 그렇지도 않은 것 같아서, 인간은 목숨이 다할 때가 되면 웃음을 주고받지도 않고 서로 마구 잡아먹을 듯이 굽니다.

이 세상에 단 한 명이라도 불행한 사람이 있는 한, 나 자신도 행복해질 수 없다고 생각하는 것이야말로 정말로 인간다운 감정일 텐데, 나만, 혹은 우리 집만 순간의 안락을 얻기 위해 옆 사람을 욕하고, 속이고, 넘어뜨리고, (아니오, 당신도 한 번은 그런 행동을 하셨습니다. 무의식적이어서 스스로도 알아차리지 못했다면 더더욱 화내야 할 일입니다. 부끄러워하십시오. 인간이라면 부끄러워하십시오. 부끄러워한다는 것은 인간에게만 있는 감정이니까요) 마치 지옥의 망자가 서로 붙들고 싸우고 있는 것처럼 우스꽝스럽고 비참한 광경만 보게 되었습니다.

화폐

사물의 이름이라는 것은 그것이 어울리는 이름이라면 묻지 않아도 저절로 알게 된다. 나는 내 피부로부터 들었다. 멍하니 사물을 바라보고 있으면 그 사물의 말이 내 살갗을 간지럽힌다. 예를 들면, 엉겅퀴.

나쁜 이름은 아무 반응도 없다. 몇 번을 들어도 도저히 이해할 수 없었던 이름도 있다. 예를 들면, 사람.

장난감

문명이란 생활양식을 세련되게 하는 것이 아닙니다. 항상 눈을 뜨고 있는 것이 문명의 본질입니다. 위선을 직감으로 꿰뚫어 보는 것입니다. 그 꿰뚫어 보는 힘을 가진 사람을 교양인이라고 부르는 게 아닐까요.

석별

의심하는 것이 정당한 마음이라는 것을 나에게 가르쳐 준 것은 너희들이다. 사람의 마음은 믿을 수 없다. 인간은 본래 사욕의 덩어리다. 믿어서는 안 된다.

달려라 메로스

청년들은 잘 웃는다. 아무것도 아닌 일에도 큰 소리로 자지러지게 웃는다. 웃는 표정을 짓는 것은 청년들에게는 숨을 내쉬는 것만큼 손쉬운 일이다. 언제쯤부터 그런 습성이 붙기 시작했을까. 웃지 않으면 손해를 본다. 웃을 수 있는 대상이라면 아무리 사소한 것이라도 놓치지 마라. 아아, 이것이야말로 탐욕스러운 미식주의의 허무한 편린이 아닐까.

하지만 슬프게도 그들은 마음속으로부터 웃지는 못한다. 자지러지게 웃으면서도 자신의 모습에 신경을 쓴다. 또 그들은 남들을 자주 웃긴다. 자신에게 상처를 주면서까지 남들을 웃긴다. 그 웃음은 전부 허무의 마음에서 나오는 것이겠지만, 그래도 그 한 겹 바로 밑에 담긴 심정을 헤아려 줄 수는 없는 것일까. 희생의 영혼. 조금은 될 대로 돼라는 식의, 이렇다 할 목적도 없는 희생의 영혼. 가끔 그들이 지금까지의 도덕률에 비추어 미담이라고 불릴 만한 훌륭한 행동을 하는 것은 전부 그 숨겨진 영혼 때문이다.

어릿광대의 꽃

청년들은 언제나 진심으로 토론하지 않는다. 상대방의 신경을 거스르지 않으려고 최대한 조심하면서 자기 자신의 신경도 소중히 감싸고 있다. 쓸데없이 모욕을 당하고 싶지 않은 것이다. 게다가 한 번 상처를 받으면 상대방을 죽이든 자신이 죽든 어김없이 거기까지 생각을 몰고 간다. 그렇기 때문에 싸움을 싫어하는 것이다. 그들은 적당히 얼버무릴 수 있는 말을 여러 개 알고 있다. '싫다', 라는 한 마디 말도 열 종류 정도는 무난히 구별해서 사용해 보일 수 있을 것이다. 토론을 시작하면서부터 이미 타협의 눈동자를 주고받고 있다. 그리고 끝에 가서 웃고 악수하며 속으로는 서로가 동시에 이렇게 중얼거린다.

모자란 놈!

어릿광대의 꽃

안이함을 경멸하는 것만큼 쉬운 것은 없다. 그리고 사람은 의외로 안이함 속에서 살아가고 있다. 타인의 안이함을 비웃으면서도 자신의 안이함은 미덕인 것처럼 여기고 싶어 한다.

희미한 목소리

세상에서 훌륭하다는 말을 듣고 존경받는 사람들은 전부 거짓말쟁이이고 가짜라는 것을 나는 알고 있습니다. 나는 세상을 믿지 않습니다. 꼬리표 붙은 불량만이 내 편입니다. 꼬리표 붙은 불량. 나는 그 십자가에만큼은 매달려 죽어도 좋다고 생각합니다. 만인의 비난을 받더라도, 그래도 나는 맞받아치겠습니다.

당신들은 꼬리표가 붙지 않은 더 위험한 불량이 아니냐고.

사양

당신 표정이 조금 야단스럽군요. 젊은 시절에는 누구나 그렇겠지만, 당신은 남에게는 꽤나 심한 말을 하면서도, 남이 당신에게 뭐라고 한마디라도 하면 펄펄 뛰며 난리를 칩니다.

남이 던진 말에 당신이 상처 받듯이, 남도 역시 당신이 거침없이 던진 말에 얼마나 상처 받는지, 당신은 그런 건 생각해 보지도 않으니까요.

신햄릿

저는 당신을 이 세상에서 입신출세하실 분이라고는 생각하지 않았습니다. 죽을 때까지 가난하고 제멋대로인 그림만 그리면서 세상 사람들 모두에게서 조롱당하지만, 그래도 아무에게나 예사로 머리 숙이지 않고 가끔은 좋아하는 술을 마시며 평생 세상에 더럽혀지지 않고 살아갈 분이라고만 생각했습니다. 저는 바보였던 걸까요? 하지만 한 사람쯤은 이 세상에 그런 아름다운 사람이 있는 거라고, 저는 그때나 지금이나 믿고 있습니다.

여치

나는 도덕 교과서에서 말하는 정의니 뭐니 하는 도덕에는 그다지 관심이 없습니다. 내게는, 서로를 속이면서도 깨끗하고 밝고 명랑하게 살아가는, 혹은 살아갈 수 있다고 자신하는 것 같은 인간이 난해합니다.

인간은 끝내 내게 그런 요령을 가르쳐 주지는 않았습니다. 그것만 알 수 있었다면, 나는 인간을 이토록 두려워하지도, 또 필사적으로 봉사하는 짓 따위는 하지 않아도 되었겠지요. 인간의 생활과 대립하며 밤마다 지옥 같은 괴로움을 맛보지 않아도 되었겠지요.

인간실격

이봐, 전쟁이 더 격렬해져 주먹밥 하나를 놓고 서로 싸우지 않으면 살아갈 수 없게 된다면, 난 더 이상 살기를 그만둘 거야. 주먹밥 쟁탈전에 참여할 권리는 포기할 생각이니까. 안됐지만 당신도 그때는 아이랑 함께 죽을 각오를 해야겠지. 그게 지금 내가 가진 유일한 최소한의 프라이드니까.

찾는 사람

남자는 아무리 친한 사이라고 해도 오랜만에 만나면 서로 잘났다고 말하면서 자신의 진보를 상대방이 받아들이게끔 하려는 초조함에 사로잡혀 있는 사람인지도 모르겠다.

판도라의 상자

남자란 솔직하지. 뻔히 다 보이는데도 이래저래 여자를 속였다고 생각하는 것 같아. 개는 발톱을 숨길 수 없는 법이야.

불새

같은 풀인데도 어째서 쥐어뜯고 싶은 풀도 있고, 가만히 남겨 두고 싶은 풀도 있고, 이렇게 제각각일까. 어여쁜 풀과 그렇지 않은 풀, 모양은 똑같으면서도 애처로운 풀과 밉살스러운 풀, 어찌 이리도 잘 구분되어 있는 걸까. 이유 같은 건 없다.

여학생

거울을 쳐다보면 내 얼굴은, 어머! 하는 생각이 들 만큼 생기가 넘친다. 얼굴은 타인이다. 나 자신의 괴로움, 그런 기분과는 전혀 상관없이 별개로 자유롭게 살아 있다.

여학생

인간이 가진 프라이드의 궁극적인 근거는, 이것에도 저것에도 죽을 만큼 괴로워한 적이 있습니다, 하고 단언할 수 있는 자각이 아닐까.

도쿄팔경

본능, 이 말과 마주치면, 울고 싶어진다.

본능의 거대함, 우리의 의지로는 움직일 수 없는 힘, 그런 것이 때때로 나의 여기저기서 느껴질 때면 미쳐 버릴 것 같은 기분이 든다. 어떡하면 좋을까, 멍해진다. 부정도 긍정도 없는, 그저 거대하고 거대한 것이 덥석 머리 위를 덮어씌운 것만 같다. 그리고 나를 제멋대로 끌고 다닌다. 질질 끌려다니면서도 만족스러워하는 기분과, 그것을 슬픈 심정으로 바라보는 또 다른 감정. 어째서 우리는 자기 자신만으로 만족하고 자신만을 평생 사랑하며 살아갈 수 없는 걸까.

여학생

사람은 자신이 행복할 때는 타인의 괴로움을 알아차리지 못하는 것일까요.

낭만 등불

그런 감상적인 정의감은 그만둬. 알겠나. 연민과 애정은 다른 거야. 이해와 애정은 다른 거라고.

불새

민주주의의 본질, 그것은 사람마다 여러 가지로 말할 수 있겠지만, 나는 '인간은 인간에게 복종하지 않는다' 또는 '인간은 인간을 정복할 수 없다, 다시 말해 부하로 삼을 수 없다' 그것이 민주주의의 발상의 사상이라고 생각한다.

여시아문

가장 위대한 인물은 자신의 판단을 굳게 믿은 사람들입니다. 가장 멍청한 녀석도 그와 똑같은 사람들입니다만.

철새

사람은 세속의 빚 때문에 자살하기도 하지만, 개념이라는 무형의 공포 때문에 자살하는 경우도 있는 법입니다.

여자의 결투

책을 읽지 않는다는 것은 그 사람이 고독하지 않다는 증거다.

여시아문

인간에게는 처음부터 이상 같은 것은 없다. 있다고 해도 그것은 일상생활과 접한 이상이다. 생활을 벗어난 이상은, 아아, 그것은 십자가로 가는 길이다. 그리고 신의 자식이 가는 길이다.

나는 민중의 한 사람일 뿐이다. 먹는 것에만 신경을 쓴다. 나는 요즘, 일개 생활인이 되었다. 땅을 기어가는 새가 되었다. 천사의 날개가 어느샌가 사라져 버렸다. 아등바등 해 봤자 소용이 없다. 이것이 현실이다. 속일 수가 없다.

"인간의 비참함은 모른 채 신만 아는 것은 거만을 불러 일으킨다."

이건 분명 파스칼이 한 말인 것 같은데, 나는 지금껏 나 자신의 비참함을 몰랐다. 오로지 신의 별만 알고 있었다. 그 별을 갖고 싶다고 생각했다. 그래서는 언젠가 반드시 환멸의 고배를 맛보게 된다. 인간의 비참함. 먹는 것만 생각하고 있다.

형이 언젠가, 돈도 안 되는 소설 따위, 시시해, 하고 말했는데, 그것이 인간의 솔직한 말이다. 그것을 오로지 형의 타락으로 비난하려 했던 내가 잘못이었는지도 모른다.

정의와 미소

나 자신이 절세의 미남자였다면 남의 외모 같은 것에는 오히려 무관심했을 것이다. 남의 추한 외모에도 아주 관대했을 것이다. 하지만 나처럼 자신의 얼굴이 너무도 마음에 들지 않는 사람은 남의 외모까지 신경이 쓰여 견딜 수가 없다. 분명 우울할 거야, 하고 동정심을 느낀다. 무관심한 채 있을 수가 없다.

정의와 미소

나는 지금까지 네가 남을 칭찬하는 것을 들어 본 적이 없다. 나 역시 마음이 약해서, 너에게 휘둘려 나도 그만 남을 평가하고 싶어진다. 나는 그게 무서운 거다. 그러니까 이젠 누구와도 말하지 않겠다고 생각했다. 너희들은 남의 나쁜 점만 보고, 자기 자신의 무서움은 전혀 깨닫지 못하니까. 나는 사람이 무섭다.

옛날이야기

사람은 생활에 무너지게 되면 아무래도 뭔가 예언에 매달리고 싶어집니다. 슬픈 일입니다.

사랑과 미에 대하여

선배라는 것이 있다. 그리고 그 선배라는 것은 '영원히' 우리보다 대단한 모양이다. 그들이 가진 그 '선배'라는 핸디캡은 거의 폭력과 마찬가지일 정도로 대단히 거친 것이다. 예를 들어, 내가 지금 소위 선배라는 사람들의 험담을 쓰고 있는 이 모습은, 히요도리 언덕을 달려 내려가는 게 아니라 낑낑 올라가는 꼴이다. 바위, 계수나무, 흙덩이를 붙잡고 혼자서 기어오르는데, 선배들은 산 위에 모여 앉아 담배를 피우면서 그런 내 비참한 모습을 내려다보며 바보라고 하고, 더럽다고 하고, 인기몰이라고 하고, 발끈하는 성격이라고 한다. 그리고 내가 조금씩 위로 올라가면 정말로 아무렇지도 않게 발밑의 돌멩이를 하나 차서 떨어뜨린다. 참을 수가 없다. 으악, 하는 추한 비명과 함께 나는 굴러떨어진다. 산 위의 선배들은 와하하 웃고, 아니, 웃는 건 그나마 나은 편으로, 돌멩이를 발로 차고서도 모르는 척 마작 판에 둘러앉아 있는 것이다.

여시아문

소위 '사상가'들이 쓴 '나는 어째서 무슨 무슨 주의자가 되었는가' 같은 사상 발전의 회상록이나 선언서를 읽으면 나는 그 속이 뻔히 들여다보여 견딜 수가 없다. 그들이 무슨 무슨 주의자가 된 데에는 반드시 어떤 하나의 계기라는 것이 있다. 그리고 그 계기는 대체로 드라마틱하다. 감격적이다.

나는 그것이 거짓말처럼 느껴져 견딜 수가 없다. 믿고 싶다고 애를 써도 내 감각이 받아들이지 않는다. 실제로 그 드라마틱한 계기는 어이가 없다. 닭살이 돋는 느낌이다.

서투른 억지에 지나지 않는 것 같다. 그래서 나는 앞으로 내 사상의 역사를 쓸 때, 그런 뻔한 억지만큼은 부리지 않으려고 한다.

나는 '사상'이라는 말에서조차 반발을 느낀다. 하물며 '사상의 발전' 따위의 말은 더더욱 짜증스럽다. 어설픈 연극 같은 기분이 든다.

나는 차라리 이렇게 말해 주고 싶다.

"내게 사상 따위는 없습니다. 좋다, 싫다, 오직 그것뿐입니다."

고뇌의 연감

나는 인류와 유인원, 그런 식의 동물학상 구별법은 잘못된 것이라고 생각한다. 남자, 여자, 유인원, 이렇게 말해야 한다.

종족이 완전히 다르다. 몸이 다른 것과 마찬가지로, 사고의 방법도, 대화의 의미도, 향기도, 소리도, 풍경 등을 대하는 반응의 방식도 완전히 다르다. 여자의 몸이 될 수 없는 한, 남자는 절대로 여자를 이해할 수 없다.

여자란 신비로운 세계에서 태연히 살고 있는 것이다.

여류

여자들은 어떤지 모르겠지만, 남자란 이상하게 여자에게 어쩌다 진지하게 한마디라도 칭찬을 들으면, 나 같은 못생긴 남자도 금방 자신감이 불끈불끈 생깁니다. 그러다가 남자는 여자에게 꼴사나울 정도로 뻔뻔하게 굴다가 결국에는 남자도 여자도 비참한 꼴이 되고 마는 것이 세상에서 흔히 볼 수 있는 비극의 과정 같다는 생각이 듭니다. 여자는 웬만하면 남자에게 칭찬 같은 말은 하면 안 되는지도 모르겠습니다.

여류

인간이 다른 동물과 완전히 다른 점이 뭘까요? 말도, 지혜도, 사고도, 사회 질서도, 제각각 정도의 차이는 있겠지만 그런 건 다른 동물들도 다 갖고 있지 않나요? 어쩌면 신앙도 갖고 있을지 모르죠. 인간은 만물의 영장이라는 둥 으스대지만, 다른 동물과 본질적인 차이가 조금도 없는 것 같죠? 그런데 어머니, 딱 하나 있어요. 모르시겠죠? 다른 동물에게는 절대 없고 인간에게만 있는 것. 그건요, 비밀이라는 거예요.

사양

사람답지 않은 사람이면 어때요? 우리는 살아 있기만 하면 되는 거예요.

비용의 아내

타인을 비난하는 사람일수록 뒤에서 나쁜 짓을 하는 게 아닐까.

판도라의 상자

인간은 전부 똑같다.

이것이 대체 사상일까요? 나는 이 이상한 말을 지어낸 사람은 종교인도 철학자도 예술가도 아니라는 생각이 듭니다. 이것은 민중의 술집에서 생겨 난 말입니다. 구더기가 들끓듯이 어느 틈엔가 누가 꺼낸 말이 아니라, 부글부글 끓어올라 온 세계를 뒤덮고 세상을 껄끄럽게 만들었습니다.

이 이상한 말은 민주주의와도 마르크스주의와도 아무런 관계가 없습니다. 분명 술집에서 추남이 미남을 향해 던진 말입니다. 그냥 짜증입니다. 질투입니다. 사상이고 뭐고 있을 리가 없습니다.

그런데 그 술집의 질투 섞인 화난 목소리가 묘하게도 사상의 얼굴을 하고서는 민중들 사이를 누비며, 민주주의와도 마르크스주의와도 아무 관계가 없는 그 말을, 어느샌가 정치·경제사상과 뒤얽힌, 묘하게 저열한 것으로 만들어 버렸습니다. 메피스토펠레스조차 이런 엉터리 같은 지껄임을 사상과 바꿔치기하는 것은 차마 양심에 부끄러워 주저했을지 모릅니다.

인간은 전부 똑같다.

이 얼마나 비굴한 말인가요. 남을 멸시하는 동시에 스스로를 경멸하고, 아무런 자부심도 없이 모든 노력을 포기하게 하는 말. 마르크스주의는 일하는 자의 우위를 주장합니다. 똑같다, 라고는 말하지 않습니다. 민주주의는 개인의 존엄을 주장합니다. 똑같다, 라고는 말하지 않습니다.

사양

멍청이는 말이죠, 시시덕거리는 건 진지하지 않다고 믿어요. 또 우스갯소리는 대답이 아니라고 생각하는 모양이에요. 그러면서 이상하리만치 솔직한 태도를 요구하지요. 하지만 솔직하다는 건 말이에요, 마치 타인에게 신경이란 게 없는 것처럼 구는 겁니다. 타인의 신경을 인정하지 않습니다. 그러니까 감수성이 너무 강한 인간은 타인의 고통을 이해하기 때문에 쉽게 솔직해지지 못합니다.

솔직하다는 것, 그것은 폭력입니다. 그래서 나는 노대가들을 좋아할 수가 없습니다. 그저 그들의 완력이 무서울 뿐입니다.

철새

애초에 그렇게 글을 많이 쓸 수 있는 소설가가 아니다. 극단적으로 소심한 사람이다. 그런 사람이 사람들 앞에 끌려 나와 쩔쩔매면서 글을 쓰고 있는 것이다. 글 쓰는 게 괴로워 홧술에 도움을 청하는 것이다.

홧술이란 자신이 생각하는 것을 주장할 수 없고, 답답하고, 화가 치밀어 마시는 술이다. 언제나 자신이 생각하는 것을 분명히 주장할 수 있는 사람은 홧술 따위는 마시지 않는다.

앵두

"돈이 떨어지면 인연이 끊긴다"라고 하지만, 그건 말이지, 반대로 해석해야 해. 돈이 떨어지면 여자에게 차인다, 그런 의미가 아니야. 남자가 돈이 떨어지면 저절로 의기소침해져서 못쓰게 되고, 웃음소리에도 힘이 빠지고, 그러다가 이상하게 비뚤어지면서 끝내는 자포자기하게 되어, 남자 쪽에서 여자를 버리고 마는 거지.

인간실격

내 원고가 아마도 편집자 책상 위에서 주전자 받침 역할을 하고 있었던지, 크고 검게 그을린 자국이 찍혀 되돌아온 것도 풍자화. 내 아내의 어두운 과거를 캐물으며 일희일비한 것도 풍자화. 전당포 입구에 들어서면서도 옷깃을 여미며 자신의 영락을 보이지 않겠다고 자세를 바로잡는 것도 풍자화. 우리는 이런 풍자화 같은 삶을 살고 있다. 그런 현실에 기가 꺾인 남자가 억지로 내보이는 인내의 태도. 당신이 그것을 이해할 수 없다면, 나와 당신은 영원한 타인이다.

어릿광대의 꽃

인간의 마음이란 자네들이 쓰는 소설에서처럼 그렇게 분명히 정해지는 것이 아니라, 실제로는 좀 더 어렴풋한 모습이 아닐까. 특히 남녀 사이의 기분 같은 건 그때그때 뭔가의 계기에 따라 생각지도 못하게 변하니까 말이야. 놀리면 안 돼. 자네들도 아마 경험이 있을걸. 좋아한다는 것, 싫어한다는 것도 하찮은 거야.

참새

낳아 준 어머니만큼 자식의 성질을, 아니, 자식의 약점을 잘 아는 사람은 없습니다. 그것은 그대로 어머니의 약점이기도 하기 때문입니다.

신햄릿

그 사람이 좋은 일이라고 생각해서 행한 일이 있다고 하자. 만약 그것이 큰 잘못이었다고 해도 나는 그것을 용서할 생각이다.

슈주라쿠

다만 한 가지, 내가 그를 걱정하여 애달아 하고 있다는 사실만 알아준다면 좋겠습니다. 그걸 기억해 주는 한, 그 사람은 결코 타락하지 않을 것입니다.

신햄릿

아아, 이 사람도 불행한 사람임이 분명하다. 불행한 사람은 남의 불행에도 민감한 법이니까.

인간실격

인간은 다들 자신의 하루하루 생활과 관계되는 것만 생각하고 그것만으로도 머리가 꽉 차는 법이지. 자신의 삶과 아무 관계도 없는, 멀리 떨어져 있는 사람의 일 같은 건 가끔은 생각날지도 모르지만, 어느덧 잊어버리게 되는 거야.

겨울의 불꽃놀이

저널리스트는 사람들에게 혁명이나 파괴 등을 부추기면서도, 언제나 자신은 슬쩍 거기서 도망쳐 나와 땀 따위를 닦고 있다. 참으로 기괴한 생물이다. 현대의 악마다.

오상

내가 너를 한 번 속였을 동안, 너는 나를 천 번 속였다. 나는 '거짓말쟁이'라 불렸고, 너는 '힘든 일을 겪은 사람'이라 불렸다.

"아주 지독한 거짓말은, 많이 하면 할수록 거짓말쟁이가 안 되는 것 같지?"

HUMAN LOST

나의 불행은 거부하는 능력이 없는 자의 불행이었습니다. 누가 권하는데 그것을 거부하면, 상대방의 마음에도 나 자신의 마음에도 영원히 치유할 수 없는 선명한 금이 갈 것만 같은 두려움에 위협을 받았던 것입니다.

인간실격

사람이 죽을 만큼 부끄러워하고 있는 그 자리에 아무렇지도 않게 끼어들어 와서, 부끄럽지 않습니까? 하고 묻는 놈은 악마다.

봄의 낙엽

인간은 죽을 때가 다가오면 아무리 속된 촌뜨기라도 희한하게 시(詩)라는 것에 마음이 끌리는 모양이다. 고리대금업자든 대신(大臣)이든, 사세구(辭世句)나 하이쿠 같은 걸 어쨌든 읊어 보고 싶은 게 아닐까.

범인

"정직은 어떤 시대에도 미덕이라고 생각합니다. 속이려 한들 소용이 없습니다.

내일의 훌륭한 각오보다 오늘의 하찮은 헌신이 지금 필요합니다. 당신들의 책임은 무겁습니다."

어느 시인이 우리 집에 찾아와서 내게 이렇게 말했습니다. 그 사람은 술에 취해 있지 않았습니다.

어떤 충고

내 공상의 위장은 남들보다 다섯 배는 더 크고 열 배는 더 탐욕스럽다. 포만감이라는 것을 모른다. 더, 더 강한 자극을 원한다. 하지만 나는 겁쟁이에다 게으름뱅이라서 대개는 자극을 동경하는 것만으로 끝이 난다. 형이상(形而上)의 사기꾼. 마음속만의 모험가. 서재 안의 항해자. 다시 말해 나는 아무 쓸데도 없는 몽상가다.

신햄릿

박식한 사람이 자신의 지식을 기회가 있을 때마다 남김 없이 말하는 것은 지극히 자연스러운 것으로 조금도 이상하게 여길 일이 아니지만, 세상은 이상해서, 자기가 알고 있는 것의 십 분의 일 이상을 발표하면 그 발표자를 유식한 척한다고 비난한다. 척하는 게 아니다. 실제로 알고 있기 때문에 발표하는 것이다. 그것도 아주 조심스럽게 발표한다. 사실은 그 다섯 배, 여섯 배나 깊이 알고 있다. 그렇지만 사람들은 그 십 분의 일 이상을 발표하면 꼭 얼굴을 찌푸린다.

길일

음지인이라는 말이 있습니다. 인간 세상에서 비참한 패자, 악덕한 사람을 손가락질하는 말입니다만, 저는 태어날 때부터 나 자신이 음지인인 것 같은 생각이 들어, 세상 사람들에게 음지인이라고 손가락질당하는 사람을 보면 언제나 다정한 마음이 듭니다. 그리고 나의 그 '다정한 마음'은 스스로도 넋을 잃을 만큼 아름다웠습니다.

인간실격

본능이 지금까지의 내 감정과 이성을 잡아먹는 걸 보는 것은 비참하다. 잠시라도 나 자신을 잊고 난 뒤에는 그저 허탈해질 뿐이다. 이런 나, 저런 나에게도 분명히 본능이 있는 걸 알게 되어 울어 버릴 것만 같다. 엄마, 아빠 하고 부르고 싶어진다. 그런데 또 진실이란 의외로 내가 역겹다고 생각하는 곳에 있을지도 모르는 일이니 더더욱 비참하다.

여학생

만인이 떠받드는 위대한 인물의 말을 그대로 거지가 했더니 감탄하는 이가 아무도 없었다고 한다.

슈주라쿠

길을 걸으면 소위 '반하지 않을 것이 없다.' 모두의 다정함, 모두의 괴로움, 모두의 외로움, 모조리 다 느낄 수 있어, 내 사전에는 '타인'이라는 글자가 없을 정도다.

생각의 패배

민주 혁명.

나는 그것의 필요성을 통감한다. 소위 유능한 청년들을 난폭한 파괴 사상으로 내모는 것은 민주 혁명에 무관심한 너희 같은 선배들의 완고함이다.

젊은이의 말을 들어 줘라! 그리고 가르쳐 줘라! 내가 이런 여시아문(如是我聞) 같은 졸문을 쓰는 것은 미쳐서도 아니고 잘난 척해서도 아니고 남들이 부추겨서도 아니고 하물며 인기를 끌려는 것도 아니다. 진심인 것이다. 예전에 아무개도 그렇게 했었잖아, 그러니까 결국 다 마찬가지야, 따위로 가볍게 넘어가지 마라. 예전에도 있었으니까 지금도 그와 같은 운명을 밟는 사람이 있다는 식으로 으스대며 독단하지 마라.

여시아문

나의 인격이 완성되고 나면 만나 주겠다고 하시지만, 도대체 인간이 스스로 자신을 완성할 수 있는 것일까요?

부끄러움

막다른 곳에 몰린 사람들은 반드시, 반드시, 혈족끼리 물어뜯고 싸우기 시작한다.

고전풍

인간은 거짓말을 할 때는 반드시 진지한 얼굴을 짓는 법이다. 요즘의 지도자들, 그 진지함이란. 췟!

사양

열두세 살 난 소녀의 이야기를 진지하게 들어 줄 수 있는 사람, 그 사람이야말로 어엿한 어른이다.

HUMAN LOST

인간은 성실해야 한다. 하지만 히죽히죽 웃고 있다고 해서 그를 불성실하다고 단정해 버리는 것도 잘못이다.

산화

우리는 자신감을 가질 수가 없습니다. 어떻게 된 걸까요. 우리는 절대 게으름 따위는 피우고 있지 않습니다. 불량한 생활도 하지 않습니다. 몰래 독서도 하고 있습니다. 하지만 노력과 함께 점점 자신감이 사라집니다.

우리는 그 원인을 이것저것 지적하면서 그 죄를 사회에 떠넘기려고도 하지 않습니다. 우리는 지금 이 세기의 모습을 이 세기 그대로 순순히 긍정하고 싶습니다. 모두가 비굴합니다. 모두가 기회주의자입니다. 모두가 '소심한 고생'을 하고 있습니다. 하지만 우리는 그것을 결정적인 오점이라고는 조금도 생각하지 않습니다.

지금은 거대한 과도기라고 생각합니다. 우리는 당분간 '자신 없음'에서 도망칠 수 없습니다. 누구의 얼굴을 보아도 하나같이 비굴합니다. 우리는 이 '자신 없음'을 소중히 하고 싶습니다. 비굴의 극복에서가 아니라 비굴의 솔직한 긍정 속에서, 전례 없는 훌륭한 꽃이 피기를 나는 기원합니다.

자신 없음

소나무꽃을 생각하면 눈물이 납니다. 가여운 꽃입니다. 연기 같은 노란 꽃가루를 조심스럽게 하늘에 뿌립니다. 거친 나무껍질을 갖고 있지만, 원래는 슬픈 나무입니다. 지난 대엿새, 목메어 우는 듯 절절하게 소나무를 스치는 바람 소리가 들려와 밤에 잠들 수가 없었습니다.

나카타니 씨, 당신은 소나무입니다.

서간

진짜 흉악한 거짓말쟁이는 오히려 네가 존경하는 사람 중에 있을지도 모른다. 그 사람은 싫다, 그런 사람은 되고 싶지 않다고 반발한 나머지, 나는 결국 진실조차도 거짓말처럼 말하게 되어 버렸다.

젠조를 생각하다

진정한 존경이란 서로의 친근감을 소멸시켜, 먼 거리를 두고 서로 외롭게 바라보는 것이 아닐까요. 나는 지금, 태어나서 처음으로 고독합니다.

바람의 소식

그 나무 이름 알아? 그 잎은 질 때까지 푸른색이야. 잎 뒤쪽이 바짝 말라서 벌레에게 먹혔지만, 그걸 몰래 감춰 두고 질 때까지 푸른 척을 하는 거야. 이 나무 이름을 알 수만 있다면.

잎

아무리 볼품없는 말이라도 애달픈 마음이 담겨 있으면, 분명 사람을 움직이는 울림이 나오는 법이다.

역행

인간은 지혜의 열매를 먹으면 웃음을 잃어버리는 것 같다.

정의와 미소

종교란 기적을 믿는 힘이다. 합리주의자는 종교를 이해하지 못한다. 종교란 불합리를 믿는 힘이다.

정의와 미소

남들에게 존경받으려고 하지 않는 사람들과 놀고 싶다. 하지만 그런 사람들은 나와 놀아 주지 않는다.

사양

나는 마음속의 나약함을 숨기지 않는 사람을 신뢰한다.

걸식학생

고양이와 여자는 잠자코 있으면 내 이름을 부르고, 다가가면 도망간다.

미소녀

낡은 시대와 새로운 시대, 그 두 시대의 감정을 모두 다 명료하게 이해할 수 있는 사람은 매우 드물지 않을까.

판도라의 상자

祥邨

인생

인간은 건드려서는 안 되는
깊은 상처를 등에 지고서,
그래도 참고 견디며 모르는 척
살아가는 게 아닐까.

앉아 보겠다니, 그게 무슨 말인가. 앉아 보든, 앉든, 결과는 마찬가지 아닌가. 미심쩍지만 시험 삼아 오른쪽으로 돌든, 믿으면서 단호히 오른쪽으로 돌든, 그 운명은 똑같다. 어느 쪽을 선택하더라도 되돌릴 수는 없다. 시도해 본 순간, 당신의 운명은 분명히 정해져 버리는 것이다. 인생에 시도 같은 것은 존재하지 않는다. 한번 해 보는 것은 한 것과 똑같은 것이다.

옛날이야기

답답해서 견딜 수 없는 현실을 조금이라도 상쾌하게 하려고 거짓말을 하지만, 거짓말은 술과 같아서 조금씩 조금씩 양이 늘어난다. 점점 더 진한 거짓말을 내뱉고, 갈고 닦으면 그것은 드디어 진실의 빛을 발한다. 이것은 나 혼자만의 일은 아닌 것 같다. 인간 만사, 거짓이 참이다. 문득 이 말이 이제야 비로소 피부에 착 달라붙으며 머릿속에 떠올라 쓴웃음을 지었다.

로마네스크

지나간 일은 잊어라. 이렇게 말해도 무리일지 모른다. 하지만 인간은 건드려서는 안 되는 깊은 상처를 등에 지고서, 그래도 참고 견디며 모르는 척 살아가는 게 아닐까. 나는 그렇게 생각한다.

당분간은 차분히 지내라. 고통을 자극으로 낫게 하려고 해서는 안 된다. 오랜 시간이 걸리겠지만 자연 요법이 가장 좋다.

불새

그 사람은 지금 열심히 공부하고 있다. 학문하고 있다. 나는 그것이 그를 위해 좋다고 생각한다. 그 사람이 가진 것은 범람하는 감수성뿐이다. 그것을 정리하고 통일하여 행동으로 옮기려면, 역시 그에게 교양이 필요하다고 생각한다. 예지가 필요하다고 생각한다. 산속의 호수처럼 차갑고 맑은 한 점의 예지가 필요하다고 생각한다. 그 사람은 그것이 없기 때문에 행동이 언제나 엉망진창이다.

불새

인간의 일생은 지옥이어서 좋은 일은 적고 나쁜 일은 많다는 말은 정말입니다. 한 치의 행복에는 한 자의 마물(魔物)이 반드시 달라붙어 옵니다. 인간, 365일, 아무 걱정도 없는 날이 하루, 아니 반일만 있다면, 행복한 인간입니다.

비용의 아내

소문이란 내 쪽에서 지워 없애려 하면 더더욱 퍼지고, 내 쪽에서 오히려 부채질하면 흥이 깨져 저절로 사라져 버립니다.

신햄릿

한 번 의심하면 모든 것이 의심스럽다. 몸도 뼈도 깎이고, 살이 에이는 듯한 심정입니다.

HUMAN LOST

그만두자. 자신을 비웃는 건 비열한 짓이다. 그것은 금이 간 자존심에서 생기는 것 같다. 실제로 나 자신도 남에게 무슨 말을 듣는 것이 싫어, 내가 먼저 내 몸에 못을 박는다. 그것이야말로 비겁한 짓이다. 좀 더 솔직해져야 한다. 아아, 겸손하게.

어릿광대의 꽃

호기심을 폭발시키는 것도 모험, 호기심을 억제하는 것도 역시 모험, 어느 쪽이든 위험해. 인간에게는 숙명이라는 게 있는 거야.

옛날이야기

약하다고 해서, 가난하다고 해서, 신이 반드시 그것을 사랑하는 것은 아니다. 그 속에도 사탄이 있기 때문이다. 강함 속에도 선은 존재한다. 신은 오히려 그것을 사랑한다.

화촉

사람은 사람을 위대하게 할 수 없다. 지금, 이 세상은 혹독하다. 하루아침에 명예 회복, 만인의 갈채를 받겠다면, 무지한 로맨티시즘이다. 옛꿈이다. 지금의 인간은 누구에게도 해 끼치지 않고 자기 자신을 절제하는 것, 그것만으로도 큰일이다. 그것만이라도 할 수 있으면 그 사람은 새로운 영웅이다. 훌륭한 사람이다. 진정한 자신감이란 나한 사람의 명확한 사회적 책임감을 가지고 나서 비로소 생기는 것이 아닐까.

불새

속는 사람보다 속이는 사람 쪽이 수십 배는 더 괴로운 법이다. 지옥에 떨어질 테니까.

희미한 목소리

나는 그저 보고 있어야만 하는 것이다. 괴로운 사람은 괴로워하라. 추락하는 사람은 추락하라. 나와는 아무 상관없다. 그것이 세상이다. 그렇게 억지로 차가운 척하며 그들을 내려다보았지만, 나는 너무도 괴로웠다.

부악백경

목숨을 걸고 일하는 것이 죄일까? 어설프게 속이면서 안락한 가정생활을 목표로 일하는 것은 선일까? 너희들은 우리의 고뇌에 대해 조금이라도 생각해 본 적이 있는가?

여시아문

평범한 하루하루의 의무에 충실한 것이야말로 가장 고상한 정신생활일지도 모른다.

광광광

트럼프 게임처럼 마이너스를 전부 합하면 플러스로 변하는 일이 이 세상의 도덕에서는 일어날 수 없는 것일까요?

비용의 아내

우정과 금전 사이에는 이루 말할 수 없이 미묘한 상호작용이 끊임없이 움직이고 있다.

다스 게마이네

남들이 치켜세워 줘서 얻은 자신감 따위는 아무 도움도 되지 않는다. 모르는 척하며 믿고, 당분간 노력을 계속해 나가지 않겠나.

쓰가루

강은 바다로 흘러 들어가기 직전 어느 한 곳에서, 묘하게 주저하며 역류하는 듯 흐름이 둔해지는 법이다. 나의 청춘도 강에서 바다로 흘러 들어가기 직전이었을 것이다.

쓰가루

남들이 좋아해 준다고는 물론 생각하지 않았지만, 이렇게 나만 혼자 미움받고 있다고는 생각지도 못했다. 나 자신의 지위를 맨 밑에까지 내려놓았다고 생각했는데, 여전히 밑바닥에는 밑바닥이 있는 법이다. 인간은 어차피 자신의 환영에 취해 살아가는 것일까. 현실이 가혹하다고 생각했다. 도대체 나의 어디가 문제인 걸까.

판도라의 상자

나는 한 가지 일을 3분 넘게 생각하지 않기로 옛날부터 정해 놓았다. 번거롭다. 아무리 오래 생각한들 결국은 아무것도 없다. 직접 부딪혀 보지 않으면 모르는 것 투성이니까.

불새

나아가지 않으면 안 된다. 아무것도 알 수 없다고 해도 끊임없이, 한 치라도, 5분이라도, 몸을 움직여 나아가지 않으면 안 된다.

팔십팔야

인간이란 이것저것 그렇게 많은 일을 할 수는 없어. 그저 참고 또 참고 차분히 해 나가기만 하면, 세상은 그리 무정하게 대하지는 않는 법이야. 그렇게 믿지 않으면 안 돼.

불새

대수나 기하 공부는 학교를 졸업하면 아무짝에도 쓸모없다고 생각하는 사람이 있는 모양이지만 아주 잘못된 생각이다. 식물이든 동물이든 물리든 화학이든, 시간이 허락하는 한 공부해 둬야 한다. 일상생활에 직접적인 도움이 되지 않는 공부야말로 앞으로 자네들의 인격을 완성시키는 것이다.

자신의 지식을 자랑할 필요는 없다. 공부한 다음에 깡그리 잊어버려도 된다. 중요한 건 외우는 게 아니고 cultivate된다는 것이다. culture란 공식이나 단어를 많이 암기하는 것이 아니라, 마음을 넓게 가지는 것이다. 다시 말해, 사랑하는 것을 아는 것이다.

학창 시절에 공부하지 않은 사람은 사회에 나가서도 분명 무자비한 에고이스트가 된다. 학문 같은 건 배우자마자 잊어버려도 괜찮다. 하지만 전부 다 잊어버린다고 해도, 그렇게 훈련하며 공부한 밑바닥에는 한 줌의 사금이 남는 법이다. 그것이다. 그게 귀한 것이다.

공부해야 한다. 그리고 그 학문을 억지로 생활에 도움이 되게 하려고 조급해해서는 안 된다. 느긋하게 진정으로 cultivate된 인간이 되어라!

정의와 미소

혁명은 사람이 편하게 살기 위해 하는 것입니다. 비장한 얼굴의 혁명가를 나는 믿지 않습니다.

오상

그 사람과 얼굴을 맞대고 할 수 없는 말은 등 뒤에서도 하지 마라.

HUMAN LOST

맛있는 것은 맛보지 않으면 안 된다. 맛을 봐야 한다. 그러나 지금까지 소위 '노대가'가 내주는 요리 중 어느 하나도 나는 맛있다고 느낀 적이 없다.

여시아문

나는 삶과 죽음이 하나라는 것을 깨달았다고 잘난 체하는 건 아니지만, 죽는 것도 사는 것도 마찬가지가 아닌가. 어느 쪽이 됐든 똑같이 괴로운 거다.

판도라의 상자

헌신이란 그저 무턱대고 절망적인 감상으로 자신의 몸을 죽이는 것이 결코 아니다. 큰 착각이다.

헌신이란 자신의 몸을 가장 화려하게 영원히 살리는 것이다. 인간은 그 순수한 헌신에 의해서만 불멸한다.

하지만 헌신은 어떠한 준비도 필요 없다. 오늘 바로 지금 그대로의 모습으로 모든 것을 바쳐야만 한다. 농부는 괭이를 들고 밭에서 일하는 모습 그대로 헌신해야 한다. 자신의 모습을 꾸며서는 안 된다.

헌신은 유예가 허용되지 않는다. 인간의 한순간 한순간이 헌신이어야만 한다.

판도라의 상자

등대가 높고 밝게 빛나는 것은 등대가 스스로를 자랑스러워해서가 아니라, 여기는 힘든 곳이니 가까이 오면 안 됩니다, 라는 충고의 의미이다.

곤혹스러운 변명

나는 파도가 움직이는 대로, 이리저리 흔들리며 무력하게 떠돈다. 저기 '군중' 속의 한 명에 지나지 않는 걸까. 나는 지금 왠지 모르게 무시무시한 속도로 달리는 열차에 올라타 있는 것 같다. 이 열차가 어디로 가는지 나는 모른다. 아직 아무도 가르쳐 주지 않았다.

갈매기

학교는 싫은 곳이지. 하지만 싫다고 싫다고 생각하면서도 다니는 것에 학교생활의 소중함이 있는 것이 아닐까. 모순처럼 들리겠지만, 학교는 미움받기 위해 존재하는 거야.

정의와 미소

지금 세상 사람들은 다정한 말 한마디에 굶주려 있다. 특히 이성의 다정한 한마디에 말이다. 명랑하고 완벽한 거짓말에 한 번쯤 순순히 속임을 당하고 싶은 것이다.

창생기

저는 그때 괴로움을 겪은 뒤로, 조금은 인생이라는 것을 알게 되었습니다. 결혼이라는 것의 진정한 의미를 알았습니다. 결혼은, 가정은, 노력이라고 생각합니다. 엄숙한 노력이라고 믿습니다. 경박한 마음이 아닙니다. 가난하더라도 평생 소중히 하며 노력하겠습니다.

서간

여기서 새로운 제2의 결혼 생활이 시작된다. 말하자면, 서로 간의 존경이다. 서로 간의 존경 없이 진정한 결혼은 성립하지 않는다.

낭만 등불

거북함도, 한때의 거북함도, 살아가기 위해서는 어쩔 수 없이 필요한 것이다.

이십 세기 기수

무심코 튀어나온 말일수록 사실을 품고 있는 법이다.

어릿광대의 꽃

아직도 노인의 힘 빠진 가슴을 쿵쿵 울리고, 움푹 팬 뺨을 붉게 물들이는 것은 술에 잔뜩 취하는 것과 다른 여자를 바라보며 끝없는 공상에 빠지는 것 두 가지였다. 아니, 그 두 추억이었다. 힘 빠진 가슴, 움푹 팬 뺨, 그것은 거짓이 아니었다. 노인은 그날 죽었다. 노인의 긴 생애에서 거짓이 아니었던 것은 태어난 것과 죽은 것, 둘뿐이었다. 죽는 순간까지 거짓을 토해 내고 있었다.

역행

믿는 곳에 현실이 있기 때문에, 현실은 결코 사람을 믿게 할 수 없다.

쓰가루

발레리의 말,

— 선(善)을 행하는 경우에는 언제나 사죄하면서 해야 다. 선만큼 타인에게 상처 주는 것은 없으니까.

미남자와 담배

나는 머리 위의 전자 시계를 올려다보았다. 발차할 때까지는 아직 3분 정도 시간이 남아 있었다. 나는 참을 수 없는 기분이 들었다. 누구나 그렇겠지만, 배웅하는 사람에게 차가 떠나기 전의 3분만큼 난처한 것은 없다. 해야 할 말은 전부 다 해 버렸고, 그저 허무하게 얼굴만 바라보고 있을 뿐이다.

열차

인생이란 (나는 이것만큼은 확신을 가지고 말할 수 있는데, 괴로운 것이다. 태어난 것이 불행의 시작이다.) 한결같이 남들과 싸우는 것이고, 그 사이에 틈틈이 뭔가 맛있는 음식을 먹어야 하는 것이다.

여시아문

내일도 역시 똑같은 날이 오겠지. 행복은 평생 오지 않아. 그건 알고 있어. 하지만 꼭 올 거야, 내일은 올 거야, 그렇게 믿으며 잠드는 게 좋겠지.

여학생

"생활이란 무엇입니까?"
"쓸쓸함을 견디는 것입니다."

희미한 목소리

외로움. 그것은 귀중한 마음의 양식이다.

여시아문

"패배란 무엇입니까?"
"악에 아첨하며 미소 짓는 것입니다."

희미한 목소리

왜 그렇게 돈에 얽매이는 걸까요. 좋은 그림만 그리고 있으면 생활은 자연히 어떻게든 되리라고 나는 생각합니다. 좋은 일을 하고, 그리고 누구에게도 알려지지 않게, 가난하고 검소하게 살아가는 것만큼 즐거운 건 없습니다. 나는 돈이고 뭐고 아무것도 바라지 않습니다. 마음속으로 원대한 프라이드를 품고 가만히 살아가고 싶습니다.

여치

진짜 이야기는 언제나 연애의 무도회가 끝나고 나서부터 시작됩니다. 축복받으며 맺어지는 것으로 대개의 영화는 the end가 되는 것 같지만, 우리가 알고 싶은 것은 그 후 어떤 생활이 시작되었나 하는 것 하나뿐입니다. 인생은 결코 흥분된 무도회의 연속이 아닙니다. 뻔히 보이게 흥이 깨져 버린 숙명 속에서 생활하고 있을 뿐입니다.

낭만 등불

서로를 속이면서도 신기하게도 어느 쪽도 아무 상처도 입지 않고, 서로를 속이고 있는 것조차 알아차리지 못하는 듯한, 참으로 선명하면서 그야말로 맑고 밝고 명랑한 불신의 예가 인간 생활에 충만한 것 같다는 생각이 듭니다. 하지만 나는 서로를 속이는 것에 그다지 특별한 흥미를 느끼지는 않습니다. 나 역시 익살에 의존해 아침부터 밤까지 인간을 속이고 있기 때문입니다.

인간실격

자기변명은 패배의 전조다. 아니, 이미 패배한 모습이다.

희미한 목소리

진짜 생활. 아아, 그것은 까마득한 것이다. 나는 적어도 사람의 정으로 가득한 이 나흘간을 천천히, 천천히 그리워할 것이다. 단 나흘의 추억이 5년, 10년의 생활보다 나을 수가 있다. 단 나흘의 추억이, 아아, 온 생애보다 나을 수가 있다.

어릿광대의 꽃

지나가 버린 것은 전부 그립다. 가족이란 묘한 것. 타인은 멀리 떨어져 있으면 조금씩 희미해지면서 잊어버리는데, 가족은 점점 더 그립고 아름다운 것만 생각나니까.

여학생

사람은 다 제각각. 나 한 사람의 일에만 힘쓰는 것이 무엇보다 중요하겠지만, 가끔은 옆 사람의 슬프도록 강한 자존심을 모르는 척하고 따뜻하게 품어 주게나.

생각하는 갈대

자유 사상, 그 본래의 모습은 반항 정신입니다. 파괴 사상이라고 할 수 있을지도 모릅니다. 압제나 속박이 사라진 곳에서 비로소 싹트는 사상이 아니라, 압제나 속박의 반작용으로서, 그것들과 동시에 발생하고 투쟁해야 하는 성격의 사상입니다.

흔히 말하는 예를 들어 볼까요.

비둘기가 어느 날 신에게 소원을 말했습니다. "제가 날려고 하는데 아무래도 공기라는 게 방해가 되어 빨리 앞으로 나아갈 수가 없습니다. 제발 공기라는 걸 없애 주세요." 신은 그 소원을 들어주었습니다. 그런데 비둘기는 아무리 날개를 퍼덕여도 날아오를 수가 없었습니다.

다시 말해, 그 비둘기는 자유 사상입니다. 공기의 저항이 있을 때 비로소 비둘기는 날아오를 수 있는 것입니다. 투쟁의 대상이 없는 자유 사상은 마치 진공관 속에서 퍼덕이는 비둘기와 같은 것으로, 절대로 날아오를 수가 없습니다.

판도라의 상자

음주. 적당히 마셔라. 하지만 절대 혼자서 마시지는 마라. 혼자 마시는 술은 망상의 발단, 우울의 박차. 마셔도 마셔도 기분이 맑아지지 않는다.

일주일에 한 번, 친구와 마셔라. 그것도 내 쪽에서 권하는 것은 좋지 않다. 상대방이 권하면 마지못해 응하도록 주의하는 것이 영리한 사람이다. 마치 기다렸다는 듯이 응하는 것은 멍청한 졸랑이다.

음주 예절은 어렵다. 술에 잔뜩 취해 게워 내는 것은 금물이다. 모든 사람에게 멸시를 당한다. 큰 소리로 고함을 지르며 이 사람 저 사람 가리지 않고 말싸움을 걸면 남들이 피하기만 할 뿐 좋을 게 하나도 없다.

되도록이면 끝자리에 앉아 주변의 토론에 열심히 귀를 기울이고 하나하나 깊이 수긍하는 자세야말로 가장 바람직하지만, 어쩌다 술이 과해지면 그것도 쉽지 않다. 그럴 때는 벌떡 일어나서 목이 터져라 대학교 교가를 불러라. 노래가 끝나면 싱글싱글 웃으며 또 술을 마셔라. 상대방이 끈질기게 언쟁을 벌이려고 할 경우에는, 정색하고 상대방 얼굴을 쳐다보다가 얼마 후에 조용히, "자네도 외로운 남자군" 하고 말하라. 그 어떤 논객이라도 맥을 못 출 것이다.

하지만 되도록이면 웃으면서 버드나무가 바람에 나부끼

듯 부드럽게 흘려보내는 것이 가장 좋다. 연회가 어지간히 떠들썩해지면, 주저하지 말고 슬그머니 일어나 집으로 돌아가는 버릇을 들여라.

신햄릿

어디에 살든 마찬가지다. 특별한 감회도 없다. 지금 살고 있는 미타카의 집에 대해서도 방문객들이 이런저런 감상을 말해 주곤 하지만, 나는 언제나 적당히 맞장구를 쳐 줄 뿐이다. 집이야 어떻든 상관없는 거 아닌가.

나는 의식주에 대해서는 아무런 취미가 없다. 의식주에 유난히 신경을 쓰며 자랑스러운 얼굴을 하는 사람을 보면, 나는 왠지 너무 우스꽝스러워 보여 견딜 수가 없다.

무취미

완고한 아버지가 한 명 있으면 그 가족 모두는 불행의 한숨을 내쉬게 마련이다.

여시아문

엄혹함과 냉혹함은 이미 그 뿌리부터 서로 다르다.

엄혹함, 그 밑바닥에는 인간 본연의 따스한 배려가 가득하지만, 냉혹함은 싸구려 유리그릇 같은 것이다. 여기에는 어떤 꽃 한 송이도 피어나지 못하고, 어떠한 인연도 없다.

생각하는 갈대

세상 사람은 딸을 시집보낸 일은 잊어도 남에게 한 냥을 빌려준 일은 잊지 않는다. 한 냥을 열 냥으로 갚아 주어도 여전히 자신이 빌려준 한 냥만큼은 잊지 않는다.

신햄릿

아무것도 쓰지 마라. 아무것도 읽지 마라. 아무것도 생각하지 마라. 그저 살아 있어라!

장님 이야기

지혜의 열매는 분노를, 그리고 고독을 가르친다.

정의와 미소

예수가 너 자신을 사랑하는 것처럼 네 이웃을 사랑하라는 말을 나는 아마 다르게 해석한 건 아닐까? 그 말에는 좀 더 다른 의미가 있는 게 아닐까? 그렇게 생각했을 때, '너를 사랑하는 것처럼'이라는 말이 떠올랐습니다. 역시나 자신도 사랑해야 한다, 나를 싫어하거나 학대하여 남을 사랑하는 거라면 자살밖에 방법이 없는 게 당연하다, 라고 어렴풋이 깨닫게 되었지만, 그것은 그저 이론일 뿐입니다.

내 반생을 말하다

후배가 선배를 대하는 예(禮), 학생이 선생을 대하는 예, 자식이 부모를 대하는 예, 우리는 그런 것들을 질릴 정도로 배워 왔고, 또 어느 정도 그것을 존중하고 따랐다고 생각한다. 하지만 선배가 후배를 대하는 예, 선생이 학생을 대하는 예, 부모가 자식을 대하는 예, 우리는 그런 것들을 단 한마디도 배운 적이 없다.

여시아문

하루의 의무는 그대로 생애의 의무라고 여기고 엄숙히 노력해야 한다. 속여서는 안 된다. 좋아하는 사람에게는 한순간이라도 빨리, 거짓 없는 마음을 꾸밈없이 고백하는 것이 좋다. 더러운 타산은 그만두는 것이 좋다.

솔직한 행동에는 후회가 없다.

나머지는 하늘의 뜻에 맡길 뿐이다.

신랑

나는 지금까지 설교를 듣고 마음을 고쳐먹은 적이 한 번도 없다. 설교하는 사람이 훌륭하다고 생각한 적도 한 번도 없다. 설교 같은 건 자기도취다. 제멋대로 잘난 체하는 것이다.

정말로 훌륭한 사람은 그저 미소를 지으며 나의 실패를 지켜보는 사람이다. 하지만 그 미소는 참으로 깊고 맑아서, 아무 말 하지 않아도 내 가슴에 뭉클 와 닿는다. 정신이 번쩍 들면서, 그 순간 깨닫게 된다. 정말로 마음을 고쳐먹을 수도 있다.

설교는 너무 싫다.

정의와 미소

어떻게든 된다. 어떻게든 될 거라고 하루하루를 맞이하고 또 그렇게 보내며 살아가고 있지만, 아무리 애를 써도 어찌할 수가 없는 경우가 있다. 그럴 때면 나는 실이 끊어진 종이 연처럼 둥실둥실 고향 집으로 날아간다. 편안한 옷차림으로 모자도 쓰지 않고, 도쿄에서 이백 리 떨어진 고향 집 현관으로 팔짱을 끼고 조용히 들어간다.

장난감

인간은 죽음으로써 완성된다. 살아 있는 동안은 모든 것이 미완성이다. 벌레나 새는 살아서 움직이는 동안은 완벽하지만, 죽으면 그저 사체일 뿐이다. 완성도 미완성도 없는, 그저 무(無)로 돌아간다.

인간은 그것들과 비교하면 완전히 반대다. 인간은 죽고 나서야 가장 인간다워진다, 라는 모순도 성립하는 것 같다.

판도라의 상자

여행을 잘하는 사람은 생활에서도 절대 실패하는 법이 없다.

여행이 서투른 사람이 여행하는 동안 가장 쩔쩔맬 때는 목적지에 도착할 때까지 차 안에서 머무는 시간일 것이다. 말하자면 그것은 인생에서 몇 시간 동안 '내려와 있는' 상태이다. 그새를 참지 못하고 차 안에서 위스키를 마시고, 그래도 끝내 견디지 못해 차에서 내려 자기 힘으로 가겠다고 안간힘을 쓴다.

하지만 소위 '여행을 잘하는' 사람은 차를 타고 있는 동안, 즐긴다고까지는 말할 수 없을지 모르지만, 적어도 그 시간 동안 마음을 비울 수는 있다.

마음을 비운다는 것은 굉장한 말로 표현해도 좋을 만큼 대단한 능력이다. 사람들은 이 능력에 전율을 느끼기에는 무척이나 둔하다.

움직임이 있는 것, 그것은 세상의 저널리스트들에게 종종 호평을 받는다. 하지만 움직임이 없는 것, 그 노력에 대해서는 불감증이 아닌가 싶을 만큼 눈이 멀었다.

《이부세 마스지 선집》 후기

인간의 일생은 여행이다. 아내 곁에 있어도, 아이와 놀고 있어도, 연인과 길을 걷고 있어도, 소위 말하는 '마침내' 정착할 수 있는 것을 얻을 수는 없겠지만, 여행이란 것도 역시 여행을 잘하는 사람과 못하는 사람, 양쪽이 존재하는 것 같다.

여행이 서툰 사람이란 여행하는 첫날부터 이미 질릴 만큼 여행을 만끽하다가 둘째 날에는 여비를 거의 다 써 버렸다는 것을 알아차리고는, 풍경을 즐기기는커녕 그야말로 속된 돈 걱정만으로 온몸이 녹초가 되고 여행도 지옥이 되어, 기다시피 하여 아내 곁으로 돌아가 결국 아내를 화나게 한다.

여행을 잘하는 사람이란 이와는 사정이 완전히 정반대이다.

《이부세 마스지 선집》 후기

진정한 사상은 예지보다도 용기를 더 필요로 하는 법입니다.

쾅쾅쾅

‘선악의 피안(彼岸)’이라는 말이 있습니다. ‘선과 악의 건너편 물가’라는 말입니다. 윤리에는 옳은 것과 그른 것, 그리고 또 하나 다른 뭔가가 있는 게 아닐까요?

부인의 말씀처럼, 사물을 정(正)과 부정(不正), 둘로 나눈다고 해도 그렇게 딱 잘라 나눌 수는 없는 게 아닐까요?

봄의 낙엽

당나라 시의 오언절구 중에 인생족별리(人生足別離)라는 시구가 있다. 내가 아는 어느 선배는 이 구를 “이별만이 인생이구나”라고 번역했다.

정말로 서로 만났을 때의 기쁨은 눈 깜짝할 사이에 사라져 버리지만, 이별의 상심은 깊어 우리는 언제나 석별의 정 속에서 살아가고 있다고 해도 과언이 아니다.

《굿바이》 작가의 말

아무리 작은 기회라도 소홀히 여겨서는 안 된다.

예술을 싫어하다

학생은 사색의 산책자입니다. 푸른 하늘의 구름입니다. 완벽한 편집자가 되어서는 안 됩니다. 완벽한 공무원이 되어서는 안 됩니다. 완벽한 학자조차도 되어서는 안 됩니다. 연륜이 풍부한 사회인이 된다는 것은 학생에게는 두려운 타락입니다. 학생 자신의 죄는 아닐 겁니다. 분명 누군가가 그렇게 하도록 만들었겠지요. 그래서 나는 학생들이 가엽다고 말하는 것입니다.

마음의 왕자

나는 음식을 낭비하는 것이 가장 싫다. 먹다 남은 음식을 버리는 것만큼 완전한 낭비는 없다고 생각한다. 나는 접시 위의 요리는 전부 다 먹어 버리거나, 그렇지 않으면 아예 젓가락을 대지 않거나 둘 중 하나다. 돈은 헛되이 쓰더라도, 그것을 받은 사람이 유익하게 활용할 것이다. 하지만 먹다 남은 음식은 쓰레기통에 버려질 뿐이다. 완전한 낭비다.

사도

믿어서 패배하는 것에 후회는 없다. 오히려 영원한 승리다. 그래서 남들이 비웃어도 치욕이라고 생각하지 않는다.

하지만, 아아, 믿어서 성공하고 싶은 것이다. 이 환희!

희미한 목소리

감사의 인사말이 너무 짧아서 당신은 무척 불만스러운 것 같습니다만, 감사 인사는 성실한 "고맙습니다" 한마디로 충분하다고 생각합니다. 그 밖에 또 어떤 말이 필요합니까?

바람의 소식

사람들은 부끄러움을 많이 타는 예전의 내 모습을 그리워한다. 하지만 자네의 그 탄식은 거짓이다. 하나를 얻으면 하나를 잃는 것이야말로 사물의 성장에 뒤따르는 규칙이 아니었나. 긴 안목으로 사물을 보는 습성을 체득하자.

허구의 봄

이 세상에 얼마나 엄청난 배신이 벌어지고 있는지 아마 상상도 할 수 없을 것이다. 아무리 가까운 친족이나 친구라도 등 뒤에서는 어김없이 배신하고 욕을 하는 법이다. 인간이 만약 자기 주변에서 자신에 대해 끊임없이 벌어지고 있는 배신의 실상을 낱낱이 알게 된다면 미쳐 버릴 것이다. 그런 말이었습니다.

하지만 나는 그와는 반대로, 인간은 현실보다도 그 현실에 얽힌 공상 때문에 괴로워하는 것이다. 공상은 끝도 없이 펼쳐지지만, 현실은 의외로 손쉽게 처리할 수 있는 문제에 지나지 않는다. 이 세상은 결코 아름다운 곳이 아니지만, 그렇다고 그렇게 한없이 추악한 곳은 아니다. 무서운 것은 공상의 세계다, 라고 말한 것입니다.

봄의 낙엽

세월은 인간의 구원이다.
망각은 인간의 구원이다.

옛날이야기

예전의 나에게는 세상의 평가가 생활의 전부였고, 그래서 그게 무서워 더더욱 그것에 무관심한 척하고, 그에 대한 반발로 오히려 흥분하고, 사람들이 오른쪽이라고 하면 의미도 없이 왼쪽에서 헤매며 거기에서 나의 가치를 과시하려고 애썼다.

하지만 지금은 어떤 사람과도 일대일이다. 이것은 내 자신감이기도 하고 겸손이기도 하다. 누구에게도 져서는 안 된다. 승리를 양보한다는 따위의 말, 얼마나 거만하고 비열한 정신인가. 양보할 것도, 양보하지 않을 것도 없다.

승리라는 것, 그것은 상당한 노력이다.

봄의 도적

역사, 철학, 교육, 종교, 법률, 정치, 경제, 사회, 그런 학문 따위보다, 한 여자의 미소가 귀하다고 하는 파우스트 박사의 용감한 실증.

학문이란 허영의 별명이다. 인간이 인간이 아니고자 하는 노력이다.

사양

자넨 이런 경험이 있나? 역 플랫폼에 서서 조금 먼 풍경을 바라보다가, 잠시 허리를 몇 센티미터쯤 낮추고 다시 한 번 바라보면, 조금 전의 똑같은 풍경이 완전히 달라 보이지. 키가 몇 센티미터만 크고 작고에 따라서도 그만큼 인생관과 세계관이 달라지는 거야.

여류

생각지도 못한 일들만 잇달아 일어난다. 인생은 도무지 예측할 수가 없다. 신앙의 진정한 의미를 요즘 들어 알게 된 것 같은 기분이 든다. 하루하루가 기적이다. 아니, 생활의 전부가 기적이다.

정의와 미소

지혜를 동반하지 않은 직관은 액시던트(우연)에 지나지 않아. 어쩌다 한 번 들어맞은 것뿐이야.

철새

자네는 괴로운가, 하고 나는 나의 천진난만한 방문객에게 묻는다. 그야, 괴롭죠, 하고 그는 만두를 꿀꺽 삼키며 대답한다. 괴로운 게 틀림없다. 청춘은 인생의 꽃이라지만, 또 한편으로는 초조, 고독의 지옥이다. 어떡해야 좋을지 모르는 것이다. 괴로운 것이 분명하다.

그렇군, 하고 나는 고개를 끄덕인다. 그 괴로움을 주체할 수가 없어 이렇게 날 찾아온 건가. 어쩌면 '다자이도 의외로 좋은 말을 해줄지도 모르지, 아냐, 역시 그 녀석은 안 될까?' 그런 마음으로 어슬렁어슬렁 여기에 온 건가. 만약 그렇다면, 나는 안 되네. 자네에게 어떤 좋은 것도 가르쳐줄 게 없어. 무엇보다 먼저, 지금 나 자신이 위태위태하니까.

곤혹스러운 변명

학문에 대한 과한 존중을 멈춰라. 시험을 전부 없애라. 놀아라. 누워 자라. 우리는 엄청난 부귀를 바라지 않는다. 팻말 없는, 그저 열 평의 푸른 초원을!

HUMAN LOST

나는 논쟁에서 이겨 본 적이 없다. 반드시 진다. 상대방의 강한 확신, 자기 긍정의 무시무시함에 압도되는 것이다. 그래서 나는 침묵한다. 그러나 하나하나 생각해 보면, 상대방이 제멋대로 주장했다는 것을 깨닫고, 꼭 나만 나쁜 게 아니라는 확신을 갖게 되지만, 한 번 진 주제에 또 집요하게 전투를 개시하는 것도 비참하고, 게다가 나에게 언쟁이란 싸움질과 마찬가지일 정도로 불쾌한 증오로 남기 때문에, 분노에 부들부들 떨면서도 웃고, 침묵하고, 온갖 것들을 생각하다가 끝내 홧술을 마시게 된다.

앵두

다들 자신만의 요리법을 자랑하지. 인생에 양념을 하는 거야. 추억으로 살아갈지, 지금 이 순간에 몸을 맡길지, 그게 아니면 장래 희망 같은 것으로 살아갈지, 의외로 그런 데서 인간의 멍청함과 영리함의 차이가 생기는지도 모르지.

추풍기

법률이나 제도, 풍습은 예부터 항상, 조금은 세련된 사상가들에게 공격당하고 경멸 받아 왔다. 사실 그것들을 야유하고 비꼴 때는 기분이 좋다. 하지만 그렇게 비꼬는 것이 얼마나 안이하고 위험한 유희라는 것을 알아야 한다. 왜냐하면 아무런 책임도 없기 때문이다. 법률, 제도, 풍습이 아무리 하찮게 보일지라도, 그것들이 없는 곳에서는 지식도 자유도 생각할 수 없다. 큰 배를 타고 있으면서 큰 배의 험담을 하고 있는 것이나 마찬가지이다. 바다에 뛰어들면 죽을 뿐이다.

걸식학생

세상과의 관계는 관계, 나 자신은 나 자신이라고, 확실히 구별하여 척척 기분 좋게 일을 처리하는 편이 좋을까. 또는 남에게 안 좋은 소리를 들어도 끝까지 자신을 잃지 않고 본모습을 숨기지 않고 살아가는 편이 좋을까. 어느 쪽이 좋은지 모르겠다. 평생 자신과 비슷한 나약하고 다정하고 따뜻한 사람들 속에서만 살아갈 수 있는 사람이 부럽다. 고생 같은 건 하지 않고 평생 살 수 있다면 애써 고생할 필요는 없다. 그러는 편이 좋은 것이다.

여학생

가을 노트를 꺼내 가만히 살펴본다.

잠자리. 투명하다. 그렇게 쓰여 있다.

가을이 되면 잠자리도 가냘파져, 육체는 죽고 정신만 비틀비틀 날고 있는 모습을 가리키는 말 같다. 잠자리의 몸이 가을 햇살에 투명하게 비쳐 보인다.

아, 가을

창밖, 정원의 검은 흙을 바스락바스락 기어 다니는 추한 가을 나비를 본다. 유난히 튼튼한 탓에 죽지 않고 있다. 결코 허무한 모습은 아니다. 그렇게 쓰여 있다.

이걸 썼을 때, 나는 몹시 괴로웠다. 언제 써 놓았는지 나는 절대 잊지 않을 것이다.

아, 가을

가을은 여름이 타고 남은 것.

여름은 샹들리에. 가을은 등롱.

가을은 여름과 동시에 온다.

아, 가을

소수를 위한 교육을 모두에게 실시하는 것은 정말 잔혹하다고 생각한다. 학교의 도덕과 세상의 법도가 꽤 다르다는 것을 조금씩 커 가면서 알게 되었다. 학교의 도덕을 절대적으로 지키면 그 사람은 손해를 본다. 괴짜라고 불린다. 출세를 못 하고 언제나 가난하다. 거짓말을 안 하는 사람이 있을까? 있다면 그 사람은 영원히 패배자다. 내 친척 중에 한 사람도 올바르게 행동하고 굳은 신념을 갖고 이상을 추구하며 그야말로 진정한 의미에서 살아 있는 사람이 하나 있는데, 친척들 모두 그를 나쁘게 말한다. 바보 취급을 한다.

여학생

올해 낙제했다. 그래도 시험은 칠 것이다. 보람 없는 노력의 아름다움. 나는 그 아름다움에 마음을 빼앗겼다.

역행

밥이란 설령 양이 부족하더라도 밝은 기분으로 꼭꼭 씹어서 먹기만 한다면 충분히 영양을 섭취할 수 있다.

판도라의 상자

점점 아래로 떨어진다. 점점 위로 올라가고 있다는 생각에 의기양양 부채를 쫙 펼치고 느긋하게 더위를 식히며 점점 아래로 떨어지고 있다. 다섯 칸 떨어지면, 잽싸게 세 칸을 올라간다. 너도나도 다 같이, 다섯 칸 떨어졌다는 건 잊고서, 세 칸 올라갔다고, 축하해, 축하해, 인사를 주고받는다. 한심하다.

10년쯤 지난 어느 날 밤, 어어, 이거 뭐지? 미심쩍어하지만 그때는 이미 늦다. 쓴웃음을 지으며, 이게 세상이구나, 중얼거리고 깨끗이 단념한다. 그것이 바로 세상.

이십 세기 기수

경박하면 경박해도 상관없는 게 아닌가. 어째서 자신의 본질인 그런 경박함을 다른 자질과 바꿔서 보이려고 해야 하는 것인가. 경박함을 비난하는 게 아니다. 나 역시 이 세상에서 가장 경박한 남자가 아닐까 생각한다. 왜 그것을, 다른 자질로 속여서 보이지 않으면 안 되는 것인지 나는 도무지 알 수가 없다.

여시아문

문득 잠을 깨니, 방이 깜깜했다. 고개를 들어 보니 머리맡에, 새하얀 사각 봉투 하나가 가만히 놓여 있었다. 뭐지, 하고 가슴이 철렁했다. 빛이 날 만큼 순백의 봉투다. 가만히 놓여 있었다. 손을 뻗어 주우려 했는데, 허무하게 방바닥만 긁었다. 아차, 싶었다. 달그림자다. 그 마귀굴 같은 방의 커튼 틈새로 달빛이 숨어들어 와, 내 머리맡에 정사각형의 달그림자를 떨어뜨려 놓은 것이다. 꼼짝도 하지 않았다. 나는 달에게 편지를 받았다. 뭐라 말할 수 없는 공포였다.

참을 수가 없어 벌떡 일어나, 커튼을 젖히고 창을 열어 달을 보았다. 달은 타인의 얼굴을 하고 있었다. 뭔가 말을 걸어보려고 나는 흐읍, 하고 숨을 들이쉬었다. 달은 그래도 모른 척한다. 냉혹, 엄숙, 애초에 인간 같은 건 문제로 삼지도 않는다. 차원이 다르다. 나는 추한 꼴로 우뚝 서 있었다. 쓴웃음도 아니고, 수치도 아니고, 그런 간단한 것이 아니었다. 나는 신음했다. 그대로 작은 여치가 되고 싶었다.

나태라는 가루타

불을 끄고 혼자 천장을 보고 누워 있는데, 등줄기 아래서 여치가 열심히 울어 댔습니다. 툇마루 아래서 울고 있었겠지만, 그것이 마치 내 등 바로 밑에서 울고 있는 것 같아, 왠지 내 등뼈 안에서 작은 여치가 울고 있는 것 같은 기분이 들었습니다. 그 작고 희미한 소리를 평생 잊지 않고 등뼈 안에 담고 살아가자고 생각했습니다.

여치

매미는 드디어 죽을 날 오후에 깨달았다. 아아, 우리는 좀 더 행복해져도 됐는데. 더 놀아도 상관없었는데. 제발 이것만은 허락해 줘, 꽃 속에서 잠드는 것만이라도.

HUMAN LOST

아무리 재능이 풍부하다고 해도 인간은 성실함이 없으면 무슨 일이든 성공하지 못한다.

지요조

아침에 눈을 뜰 때의 기분은 재미있다. 숨바꼭질할 때, 벽장 속 깜깜한 곳에 가만히 웅크리고 숨어 있는데, 갑자기 술래가 문을 왈칵 열어서 햇빛이 쨍 하고 들어온다. 술래가 "찾았다!" 하고 큰 소리로 외치고, 눈부심, 그리고 묘한 어색함, 가슴이 두근거려 옷섶을 여미고는, 조금 쑥스러워하며 벽장에서 나오는데, 갑자기 울컥 화가 치미는 그런 기분.

여학생

잠에 빠질 때의 기분이란 이상하다. 붕어나 장어가 낚싯줄을 쭈욱쭈욱 잡아당기듯, 뭔가 무거운 납덩이 같은 힘이 내 머리를 실로 묶어 쭈욱 잡아당기고, 내가 스르르 잠이 들려고 하면 또 살짝 실을 느슨하게 푼다. 그러면 나는 퍼뜩 정신이 든다. 또 쭈욱 잡아당긴다. 스르르 잠이 든다. 또 살짝 실을 푼다. 그런 걸 세 번이나 네 번 되풀이하다가 그제야 비로소 쭉 잡아당기고, 이번에는 아침까지.

여학생

당신은 작품의 성실함을 인간의 성실함으로 바꿔 놓으려고 합니다. 작가가 아니어도 괜찮으니 성실한 인간이 되고 싶다. 이것은 대단히 훌륭한 말처럼 들리지만, 사실은 교활하고 추악한 타산으로 가득한 변명입니다. 당신은 이제 와서 자신이 성실한 인간이 될 수 있다고 생각하는 것입니까?

성실한 인간이 어떤 인간인지 알고 있습니까? 나를 사랑하는 것처럼 남을 사랑할 수 있는 사람만이 성실한 인간입니다. 당신은 그럴 수 있습니까? 어설픈 말은 그만두십시오. 당신은 언제나 자신만 생각합니다. 자신과 가족, 기껏해야 자신에게 도움이 될 만한 주변 사람 몇 명을 사랑하는 것뿐 아닙니까?

더 말해 볼까요? 아마 당신은 울상을 지을걸요.

"남에게 보이기 위해 사람들 앞에서 의(義)를 행하지 않도록 명심하라."

여러분이 학교를 졸업하면, 싫어도 이 세상에서 위치가 주어진다. 그러니까 지금은 세상 사람들의 흉내를 내지 마라. 아름다운 것의 존재를 믿고, 그것을 바라보며 길을 걸어라. 최상의 아름다운 것을 상상하라. 그것은 존재한다. 그것은 학창 시절에만 존재하는 것이다.

더 구체적으로 말하고 싶지만, 오늘은 왠지 화가 난다. 자네들은 뭘 우물쭈물하고 있는 거야, 철썩 등짝을 후려치고 싶은 마음이다. 머리가 나쁜 녀석은 어쩔 수가 없다. 체호프를 많이 읽어라. 그리고 그것을 흉내 내 보라. 나는 무책임한 말은 하지 않는다. 일단 그것만이라도 해 보아라. 내가 하는 말을 조금은 이해할 수 있을지도 모른다.

무례한 말만 했습니다. 하지만 이렇게 난폭한 말투로라도 얘기하지 않으면 여러분은 으레 얼렁뚱땅 흘려들을 것이 뻔합니다. 그게 여러분의 잘못은 아니겠지만.

제군의 위치

태어나서 처음으로 산수 교과서를 받았다. 작고 새까만 표지. 아아, 책 속 숫자들의 나열이 얼마나 아름답게 눈에 스며들었던가. 소년은 한참 그것을 만지작거리다가, 마침내 마지막 페이지에 모든 해답이 쓰여 있는 것을 발견했다. 소년은 눈살을 찌푸리며 중얼거렸다.

"무례하군."

잎

아는 것은 최상의 영예가 아닙니다. 누구나 다 알고 있는 것입니다.

중요한 것은 통나무를 운반하고, 벽을 칠하고, 대리석을 깎는 '육체노동'이라고 생각했습니다.

"보들레르는 아무것도 아냐. 멋만 부리는 게으름뱅이였어" 라는 말을 들어도 나는 맞받아칠 말이 없습니다.

죽을 때까지 있는 힘을 다해 땀을 흘려 보고 싶습니다.

그날그날을 꽉 채워 살 것.

서간

자식보다 부모가 소중하다고 생각하고 싶다. 자식보다 부모가 더 약한 것이다.

앵두가 나왔다.

우리 집에서는 아이들에게 사치스러운 음식을 먹이지 않는다. 우리 아이들은 앵두 같은 건 먹어 본 적도 없을지 모른다. 주면 기뻐하겠지. 아버지가 가져가면 기뻐하겠지. 앵두 줄기를 실에 꿰어 목에 걸면, 앵두가 산호 목걸이처럼 보일 테지.

하지만 아버지는 큰 접시에 수북이 담긴 앵두를 너무도 맛없다는 듯이 먹고는 씨를 뱉고, 먹고는 씨를 뱉고, 또 먹고는 씨를 뱉고, 그리고 속으로 허세처럼 중얼거리는 말은, 자식보다 부모가 더 소중해.

앵두

엄마의 가슴을 열면, 눈물의 골짜기, 아빠의 진땀도 점점 더 많아지고, 부부는 서로가 서로의 고통을 알지만, 그것을 건드리지 않으려 애쓰며, 아빠가 농담을 하면, 엄마도 웃는다.

앵두

인간은 이 현실 세계와 또 다른 세계인 수면 속 꿈의 세계, 두 세계에서 생활하고 있는 것이다. 이 두 생활 체험이 복잡하게 뒤엉켜 있는 곳에, 말하자면 온 인생이라고 할 만한 것이 있는 게 아닐까..

포스프레센스

그냥 놓아기르기만 해서는, 금붕어도 한 달 남짓 목숨밖에 안 돼.

HUMAN LOST

강한 척하는 건 그만둬. 인상이 안 좋아지잖아.

여시아문

무사하기를. 만약 이것이 영원한 이별이라면, 영원히 무사하기를.

사양

祥邨

절망과 고뇌

지금 내게는

행복도 불행도 없습니다.

다만, 모든 것은 지나갑니다.

부끄러움 많은 생을 보냈습니다.

나는 인간의 삶이란 것을 이해할 수가 없습니다.

인간실격

기다림. 아아, 인간의 생활에는 기뻐하고 화내고 슬퍼하고 미워하는 여러 가지 감정이 있지만, 그래도 그건 인간 생활에서 겨우 1퍼센트를 차지할 뿐인 감정이고, 나머지 99퍼센트는 그저 기다리며 살아가는 것이 아닐까요. 행복의 발소리가 복도에서 들려오기를 이제나저제나 가슴이 내려앉을 듯한 마음으로 기다리는데, 아무것도 없음. 아아, 인간의 생활이란 너무도 비참합니다. 태어나지 않는 편이 나았겠다고 다들 생각하는 이 현실. 그리고 날마다 아침부터 밤까지 덧없이 무언가를 기다립니다. 너무도 비참합니다. 태어나서 좋았다며, 아아, 목숨을, 인간을, 세상을, 기뻐해 보고 싶습니다.

사양

나는 왜 내가 살아 있지 않으면 안 되는지, 그것을 도저히 알 수가 없습니다.

살아 있고 싶은 사람만 살면 됩니다.

인간에게는 살 권리가 있는 것과 마찬가지로, 죽을 권리도 있는 것입니다.

나의 이런 생각은 전혀 새로울 것도 없고, 이런 당연하고 그야말로 근원적인 것을 사람들은 이상하게 두려워하며, 대놓고 입 밖에 꺼내지 않을 뿐입니다.

살아가고 싶은 사람은 어떤 일이 있어도 반드시 꿋꿋이 살아남아야 합니다. 그것은 훌륭하고, 인간의 영예라고 할 수 있는 것도 분명 그 언저리에 있겠지요. 하지만 죽는 것 역시 죄는 아니라고 생각합니다.

나는, 나라는 풀은, 이 세상의 공기와 햇살 속에서 살아가기가 힘듭니다. 살아가는 데에 뭔가 하나가 빠져 있습니다. 부족한 것입니다. 지금까지 살아온 것도, 이래 봬도 온 힘을 다한 것입니다.

사양

"나는 무뢰한이 아니다."

구체적으로 말해 달라. 내가 어떤 해를 끼쳤나. 나는 빌린 돈을 갚지 않은 적이 없다. 나는 이유 없이 남에게 향응을 받은 적이 없다. 나는 약속을 어긴 적이 없다. 나는 남의 여자와 속삭인 적이 없다. 나는 친구의 험담을 한 적조차 없다.

어젯밤, 이불 속에서 가만히 있는데 사방의 벽에서 속닥속닥 말소리가 들려왔다. 죄다 나에 대한 험담이다. 가끔은 나와 친한 친구의 목소리까지 들려왔다. 내게 상처 입히지 않으면 자네들은 살아갈 수가 없는 걸까.

허구의 봄

내가 애초부터 세상에서 말하는 '제멋대로인 인간'인 건지, 아니면 그 반대로 마음이 너무 약한 건지 나 자신도 알 수 없지만, 어쨌든 죄악 덩어리인 모양이어서, 끝도 없이 점점 불행해지기만 할 뿐, 막을 수 있는 구체적인 방법 같은 건 없었던 것입니다.

인간실격

나는 짐을 들고 걷는 것이 정말 싫다. 여행을 할 때도 가능한 한 빈손으로 기차를 탈 수 있도록 정말로 온갖 머리를 짜낸다. 여행뿐 아니라 인생의 모든 경우에서도 짐을 잔뜩 들고 걷는 것은 음울함의 근본인 것 같다는 생각이 든다. 짐은 적을수록 좋다.

태어나서 서른두 해, 무거운 짐만 짊어지고 느릿느릿 살아온 내가 무엇을 더 바랄 게 있다고 산책할 때까지 귀찮은 짐을 들고 갈 필요가 있겠는가. 나는 밖에 나갈 때는 꼴이 암만 우스꽝스러워도 소지품은 대개 품속에 욱여넣고 다닌다.

복장에 대하여

사슬에 묶이면 묶인 채로 걷는다. 십자가에 매달리면 매달린 채로 걷는다. 감옥에 갇히더라도 감옥을 부수지 않고 갇힌 채 그대로 걷는다. 웃어서는 안 된다. 우리에게는 이것 말고 달리 살아갈 길이 없다. 지금은 그렇게 웃고 있어도 언젠가 너는 깨달을 것이다.

남은 건 패배의 노예냐 사멸이냐, 둘 중 하나다.

하루의 노고

그때 눈이 떠졌다. 나는 눈물을 흘리고 있다. 잠 속의 꿈과 현실이 이어져 있다. 감정이 그대로 이어져 있다. 그러니까 나에게 이 세상의 현실은 잠 속의 꿈의 연속이기도 하고, 또한 잠 속의 꿈은 그대로 나의 현실이기도 한 것 같다.

남들이 이 세상의 내 현실 생활만 보고 나의 전부를 이해하는 것은 불가능할 것이다. 그와 동시에 나 역시 다른 사람들에 대해 이해하는 것이 아무것도 없다.

포스포레센스

나는 앞으로 세상과 싸워 나가지 않으면 안 된다. 아아, 어머니처럼, 남과 싸우지 않고, 미워하지도 원망하지도 않고, 아름답고 슬프게 생을 마칠 수 있는 사람은 이제 어머니가 마지막이며, 앞으로의 세상에는 존재할 수 없는 게 아닐까. 죽어가는 사람은 아름답다. 산다는 것. 살아남는다는 것. 그것은 너무나 추하고, 피비린내 나고, 더럽다는 느낌마저 든다.

사양

행복은 하룻밤 늦게 찾아온다. 멍하니, 그런 말을 떠올린다. 행복을 기다리고 기다리다 끝내 더는 참지 못하고 집을 뛰쳐나가 버렸다. 다음날 멋진 행복의 소식이, 버리고 떠난 집을 찾아오지만, 이미 늦었다.

행복은 하룻밤 늦게 찾아온다.

여학생

밀어도 당겨도 꿈쩍도 하지 않는 문이 이 세상에 있다. 지옥의 문조차도 아무렇지 않게 지나간 단테도 그 문에 대해서는 말하기를 피했다.

생각하는 갈대

산다는 건 힘든 것이다.

여기저기 쇠사슬이 얽어매어, 꼼짝 움직이기라도 하면 피가 솟구친다.

앵두

나는 지금까지 내 이야기를 말할 때, 왜 그런지 지나치게 부끄러워한 것 같다. 오늘부터 나는 있는 그대로의 나 자신을 말하겠다. 그것뿐이다. 말하지 않으면 근심이 없는 것과 같다고 했던가. 나는 말을 경멸했다. 눈빛으로 족하다고 생각했다. 하지만 그것은 이 어리석은 세상에서는 통하지 않았다. 괴로울 때는 "괴로워!" 하고 하다못해 소리 높여 외쳐야만 했던 것 같다. 잠자코 있으면 어느새 나를 멍청이 취급을 했다. .

허구의 봄

내 동상을 세울 때, 오른발은 반걸음쯤 앞으로 내밀고, 몸은 느긋하게 뒤로 젖히고, 왼손은 조끼 안에, 오른손은 쓰다 망친 원고를 움켜쥐고, 그리고 머리는 붙이지 않을 것. 아니, 아니, 아무 의미도 없어. 그저 참새 똥을 콧등에 맞는 게 싫어서야. 그리고 받침돌에는 이렇게 새겨 주게.

여기에 한 남자가 있다. 태어나서 죽었다.

평생을, 쓰다 망친 원고를 찢으며 보냈다.

잎

나는 순수라는 것을 동경했다. 무보수의 행위. 이기심이 전혀 없는 생활. 하지만 그것은 너무도 힘든 일이었다. 나는 그저 홧술만 들이켤 뿐이었다.

내가 가장 증오한 것은 위선이었다.

고뇌의 연감

어차피 드러날 일인데도 하루라도 한시라도 더 오래 평화를 지속하고 싶어서, 사람을 깜짝 놀라게 하는 게 너무 두려워서, 나는 열심히 그 순간을 모면할 거짓말을 한다. 나는 늘 그런 식이었다. 그러다가 막다른 곳에 몰리고, 죽는 것을 생각한다.

도쿄팔경

인간에게 호소한다, 저는 그 방법에는 조금의 기대도 걸 수가 없었습니다. 아버지에게 호소해도, 어머니에게 호소해도, 순경에게 호소해도, 정부에 호소해도, 결국은 처세에 뛰어난 사람들이 말하는, 세상에 잘 통용되는 주장에 휘둘리기만 하는 게 아닐까요.

인간실격

목숨 걸고 해 보고 싶습니다. 누구에게 칭찬받지 않아도 좋습니다. 그냥, 달려 보고 싶습니다. 무보수의 행위입니다. 아이가 위험하게 나무를 오를 때는 감나무 열매를 따 먹으려는 욕심이 있는 것이지만, 나의 목숨 건 마라톤에는 그것조차 없습니다. 허무의 정열 같다고 생각했습니다. 그것이 그때의 내 허무한 기분에 딱 맞는 것이었습니다.

콩콩콩

괴로움은 인종(忍從)의 밤. 단념의 아침. 이 세상은 단념의 노력인가. 쓸쓸함의 인내인가. 젊음, 이리하여 시간에 벌레 먹히고, 행복도 더러운 거리에서 찾는 것이다.

I Can Speak

내가 바란 것은 온 세상이 아니었다. 백 년의 명성도 아니었다. 민들레 한 송이의 믿음을 얻고 싶어서, 상추 이파리 한 장의 위로를 얻고 싶어서, 한평생을 헛되이 보냈다.

이십 세기 기수

세상. 어쩐지 나도 어렴풋이 그걸 알 수 있을 것 같은 기분이 들었습니다. 세상은 개인과 개인 간의 투쟁이고, 또 그때그때만의 투쟁이고, 또한 그때그때만 이기면 되는 것이다. 인간은 결코 인간에게 복종하지 않는다. 노예조차도 노예다운 비굴한 보복을 하는 법이다. 그래서 인간에게는 그때그때의 한판 승부에 의지하는 것 말고는 살아남을 길이 없다. 대의명분 같은 걸 외치면서도 노력의 목표는 반드시 개인, 그 개인을 극복하면 또 개인, 세상의 난해함은 개인의 난해함, 거대한 바다는 세상이 아니라 개인이다. 그렇게 세상이라는 큰 바다의 환영을 두려워하는 것에서 조금 해방되어 예전만큼 이것저것 끝도 없이 신경 쓰지도 않고, 말하자면 눈앞에 닥친 필요에 어느 정도 뻔뻔하게 행동하는 법을 배운 것입니다.

인간실격

자네 같은 수재는 알 수가 없겠지만, '내가 살아 있다는 것이 남에게 피해를 준다. 나는 쓸모없는 인간이다' 이런 의식만큼 괴로운 건 세상에 없어.

판도라의 상자

우리는 이렇게 날마다 우울하고 벌컥 화가 치밀고, 또 그중에는 그만 발을 헛디뎌 깊이 타락해 돌이킬 수 없는 몸이 돼 버린 채 평생을 엉망진창으로 보내는 사람도 있는 것이다. 또 작정하고 목숨을 끊는 사람도 있는 것이다.

그러면 그제야 비로소 세상 사람들은 아아, 조금만 더 살았으면 알 수 있었을 텐데, 조금만 더 어른이 되면 자연히 알게 될 건데, 라고들 한다.

아무리 안타까워해 준들, 그 사람은 괴롭고도 괴롭다. 그래도 겨우겨우 그때까지 견디며, 세상의 말을 들어야지, 들어야지 하고 온 힘을 다해 귀를 기울인다. 하지만 세상은 역시 무미건조한 설교를 되풀이하며, 괜찮아, 괜찮아 하고 달래기만 할 뿐이다.

우리는 끝까지 수치스럽게 내팽개쳐진다. 우리는 결코 찰나주의자가 아니지만, 너무도 먼 산을 가리키며, 저기까지만 가면 전망이 좋아, 라고 한다. 그 말이 분명 티끌만큼도 거짓이 아니라는 건 알지만, 지금 이렇게 죽을 듯이 배가 아픈데도, 그 아픔은 못 본 척하며, 자, 조금만 더 참아, 저 산꼭대기까지만 가면 끝이야, 하고 오직 그것만 가르친다.

분명 누군가 잘못하고 있다. 나쁜 건 당신이다.

여학생

다들 나를 선생이라고 불렀다. 나는 진지하게 그것을 받아들였다. 나에게는 자랑할 만한 게 아무것도 없다. 학문도 없다. 재능도 없다. 육체는 더러워지고 마음도 가난하다. 하지만 고뇌만큼은, 그 청년들에게 '선생'이라는 말을 듣고 순순히 받아들여도 될 만큼의 고뇌는 겪어 왔다. 오직 그것뿐. 지푸라기 한 올의 자부심이다.

하지만 나는 이 자부심만큼은 분명히 가지고 싶다. 제멋대로에다가 응석꾸러기라는 말을 들어온 내가 겪었던 숨은 고뇌를 도대체 몇 명이나 알고 있을까.

부악백경

저의 나쁜 점은 '현상보다 더 과장해서 비명을 지르는 것'이라고 어떤 사람이 말했습니다. 고뇌가 깊을수록 고귀하다는 말은 틀렸다고 생각합니다. 저는 옷을 차려입은 적은 있지만, 현상의 비참함을 과장하여 이러쿵저러쿵하는 사람은 아니라고 생각합니다. 프라이드를 위해 일한 적은 없습니다. 누군가 한 사람 행복하게 해 주고 싶어서.

서간

나는 진지한 얼굴로 술을 마신다. 지금까지 몇천, 몇만 되의 술을 마셨을까. 싫다, 싫다 하면서도 마신다. 나는 술이 싫다. 단 한 번도 맛있다고 생각해서 마신 적이 없다. 쓰다. 마시고 싶지 않다. 끊고 싶다. 나는 음주라는 것을 죄악이라고 생각한다. 악덕이 분명하다. 하지만 술은 나를 살렸다. 나는 그것을 잊지 않았다. 나는 악덕의 덩어리이기 때문에, 말하자면 독으로써 독을 누르는 것인지도 모른다. 술은 나의 발광을 막아 주었다. 나의 자살을 피하게 해주었다. 나는 술을 마시면서 내 생각을 약간 얼버무리지 않으면 친구에게조차 제대로 말을 걸 수 없을 만큼 비굴하고 나약한 사람이다.

갈매기

나에게는 재앙 덩어리가 열 개 있는데, 그중에 한 개라도 이웃 사람이 짊어지게 되면, 그 재앙 하나만으로도 거뜬히 그 사람의 목숨을 빼앗아 버리는 건 아닐까, 하고 생각한 적조차 있었습니다.

인간실격

이제 나는 죄인이기는커녕 미치광이였습니다. 아니요, 나는 결코 미치지 않았습니다. 단 한 순간도 미친 적이 없습니다. 하지만, 아아, 미치광이는 대개 자신을 그렇게 말한다고 합니다. 다시 말해 이 병원에 끌려온 자는 미치광이, 끌려오지 않은 자는 멀쩡한 사람이 되는 모양입니다.

신에게 묻습니다. 무저항은 죄인가요?

인간실격

우리 모두의 괴로움을 정말로 아무도 모르잖아. 이제 곧 어른이 되면, 우리의 괴로움과 외로움은 우스운 거였다고 아무렇지 않게 추억할 수 있을지도 모르지만, 그래도 완전히 어른이 될 때까지 그 길고도 짜증 나는 시간을 어떻게 살아가면 좋을까.

아무도 가르쳐 주지 않는다. 그냥 내버려 둘 수밖에 없는 홍역 같은 병일까. 하지만 홍역으로 죽는 사람도 있고, 홍역으로 눈이 머는 사람도 있는 것이다. 내버려 두면 안 되는 것이다.

여학생

아아, 돈이 없다는 건 얼마나 두렵고, 비참하고, 희망 없는 지옥인가. 태어나서 처음으로 그렇게 깨닫고 가슴이 터질 것만 같고, 너무나 괴로워서 울고 싶어도 울 수가 없었다. 인생의 엄숙이란 이럴 때의 느낌을 말하는 걸까. 온몸을 꼼짝도 할 수 없는 기분으로 드러누운 채, 나는 돌덩이처럼 가만히 있었다.

사양

생각하면 할수록 나는 알 수가 없고, 나 혼자만 완전히 이상한 사람처럼, 불안과 공포에 사로잡힐 뿐입니다.

나는 이웃 사람들과 거의 대화를 할 수가 없습니다. 무엇을 어떻게 말해야 좋을지 모르겠습니다.

인간실격

죽을 것처럼 괴로울 때는 너의 어머니에게 말하라.

열 번 말하라. 천 번 말하라.

생각의 패배

나는 일종의 이상주의자인지도 모른다. 슬프게도 이상주의자는 요즘 세상에서 그 언동이 조금 미심쩍고 우스꽝스러운 느낌마저 주변 사람에게 주는 경우가 많은 것 같다.

이를테면 돈키호테가 그렇다. 그는 지금은 완전히 바보의 대명사이다. 그렇지만 그가 정말 바보인지 아닌지, 그것은 이상주의자만이 잘 알고 있다.

고매한 이상을 위해서 자신의 재산도 지위도 쓰레기처럼 내던지고, 망아지를 타고 직접 진두로 나아간 경험이 없는 사람은, 피를 토할 만한 돈키호테의 비애를 절대로 알 수 없다.

데카당 항의

우리는 낡은 도덕과 끝까지 싸워 태양처럼 살아갈 생각입니다. 부디, 당신도 당신의 투쟁을 계속해 주십시오. 혁명은 아직 전혀, 아무것도 이루어지지 않았습니다. 더, 더 많은 애석하고 귀한 희생이 필요한 것 같습니다.

지금 세상에서 가장 아름다운 것은 희생자입니다.

사양

새벽 구름, 그것은 저녁놀에서 태어난 아이이다. 석양빛 없이 새벽 구름은 태어나지 않는다. 저녁놀은 언제나 생각한다.

'저는 지쳤습니다. 저를 그렇게 바라보면 안 됩니다. 저를 사랑해서는 안 됩니다. 저는 이제 곧 죽을 몸입니다. 하지만 내일 아침, 동쪽 하늘에서 태어날 태양을 반드시 당신의 친구로 삼아 주세요. 그건 제가 몸소 보살펴 온 자식이랍니다. 포동포동 살이 찐 착한 아이입니다.'

저녁놀은 여러분에게 그렇게 호소하며 슬픈 미소를 짓는다. 그때 여러분은 저녁놀을 쇠락이니 퇴폐니 같은 폭언으로 욕하고 비웃을 수 있을까?

그럴 수 있고말고, 라고 대뜸 대답하며 소매를 걷어붙이고 한 발 앞으로 나서는 건장한 남자가 있다면, 그는 세상에서 제일가는 멍청이다.

너 같은 멍청이가 있기 때문에 세상이 점점 더 살기 힘들어지는 것이다.

젠조를 생각하다

"하지만 너, 난봉질도 이쯤에서 그만해야지. 더 이상은 세상이 용납하지 않을 테니까."

세상이란 게 도대체 뭘까요. 인간의 복수(複數)일까요. 대체 어디에, 그 세상이란 것의 실체가 있는 걸까요. 하지만 어쨌든, 강하고 엄하고 무서운 것이라고만 생각하고 지금껏 살아왔는데, 호리키에게 저런 말을 듣자, 문득,

"그 세상이란 게 너 아니야?"

하는 말이 혀끝까지 올라왔지만, 호리키를 화나게 하는 게 싫어서 도로 집어삼켰습니다.

(그건 세상이 용납하지 않아.)

(세상이 아냐. 네가 용납하지 않는 거겠지?)

(그런 짓을 하면 세상한테 호된 꼴을 당하지.)

(세상이 아냐. 너지?)

(이제 곧 세상에서 매장당할 거야.)

(세상이 아냐. 매장하는 건 너겠지?)

너는 너 개인의 끔찍함, 기괴함, 악랄함, 교활함, 요물스러움을 알아라! 그런 온갖 말이 마음속에 떠올랐지만 나는 그저 얼굴의 땀을 손수건으로 닦으며,

"식은땀이야, 식은땀"

하고 말하며 웃을 뿐이었습니다.

하지만 그때 이후로 나는 '세상이란 개인이 아닐까' 하

는 사상적인 생각을 갖게 된 것입니다.

인간실격

나는 잠시 멍하니 있었다. 다리 밑으로는 스미다가와 강을 닮은 넓은 강이 느릿느릿 흐르고 있었다. 완전히 멍하게 있는 경험 같은 것, 그때까지의 내게는 없었던 것이다. 뒤에서 누군가 보고 있는 듯한 느낌이 들어 나는 언제나 어떤 식의 태도든 취하고 있었던 것이다.

추억

알아, 괴롭겠지, 하지만 괴로운 건 너뿐만이 아니야. 저녁놀의 슬픔은 나 역시 잘 알고 있어. 하지만 참고 살아가자. 조금만 더, 나 한 사람을 위해서라도 살아 있어 줘. 차라리 죽고 싶다고 생각하면서, 그래도 참고 살아가는 사람이 이 세상에는 수만 명, 수십만 명이나 있다고.

신햄릿

나 자신의 고뇌에 너무나 괴로워한 나머지, 다른 사람들도 온 힘을 다해 살고 있다는 당연한 사실을 깨닫지 못했다. 저 종이봉투 안의 작품들도 한 편도 남김없이 팔아버렸다. 이제 더는 팔 것이 없다. 금방 또 작품이 나오지도 않았다. 이미 쓸거리가 고갈되어 아무것도 쓸 수 없었다. 그 무렵 문단은 나를 가리켜 "재능이 있어 덕이 없다"고 평했지만, 나 자신은 "덕의 싹은 있지만 재능은 없다"고 믿었다. 내게는 소위 글재주라는 것이 없다. 온몸으로 부딪치며 나아가는 것 말고는 방법을 몰랐다. 촌뜨기였다.

도쿄팔경

궁극의 문제는 내가 지금 아무런 삶의 보람도 느끼지 않는다는 데에 있었습니다. 살아가는 것에 아무 의욕이 없을 때는, 자살조차 할 수 없습니다. 자살은 오히려 살아 있는 것에 의욕을 느끼는 사람들이 하는 것입니다. 가장 평범한 표현으로 말하면, 나는 슬럼프인지도 모르겠습니다.

바람의 소식

내가 조숙한 척하면, 사람들은 나를 조숙하다고 수군거렸다. 내가 게으름뱅이인 척하면, 사람들은 나를 게으름뱅이라고 수군거렸다. 내가 소설을 쓰지 못하는 척하면, 사람들은 내가 글을 못 쓴다고 수군거렸다. 내가 거짓말쟁이인 척하면, 사람들은 나를 거짓말쟁이라고 수군거렸다. 내가 부자인 척하면, 사람들은 나를 부자라고 수군거렸다. 내가 냉담한 척하면, 사람들은 나를 냉담한 녀석이라고 수군거렸다. 하지만 내가 정말로 괴로워서 나도 모르게 신음소리를 냈을 때, 사람들은 내가 괴로운 척한다고 수군거렸다.

아무래도, 어긋난다.

사양

나에게 '세상'이란 여전히 바닥을 알 수 없는 두려운 곳이었습니다. 결코 그런 한판 승부 따위로 하나부터 열까지 결정되어 버리는 만만한 곳이 아니었습니다.

인간실격

딱 잘라 말한다는 것은 무신경하다는 증거이고, 또한 남의 신경을 전혀 배려하지 않는 상태를 말하는 것이다.

델리커시(이런 말은 정말이지 쑥스럽지만), 그것이 없는 사람은 자신이 알아차리지 못하는 사이에 얼마나 깊이 남에게 상처를 주는지 모른다.

여시아문

나는 요즘 인간이라는 것이 지독히도 믿을 게 못 된다는 것을 알았습니다. 어지간히 대단해 보이는 남자도 속으로는 한결같이 벌벌 떨면서 남이 뭘 생각하고 있는지만 신경 쓰며 산다는 걸 이제야 알게 되었습니다. 인간이란 비참하고 불쌍합니다. 성공했다느니 실패했다느니, 똑똑하다느니 멍청하다느니, 이겼다느니 졌다느니 하며 눈에 쌍심지를 켜고 애를 쓰면서 아침부터 밤까지 진땀을 흘리며 뛰어다닙니다. 그리고 점점 나이를 먹습니다. 그것뿐인 일을 하려고 우리는 이 세상에 태어났을까요. 벌레나 마찬가지군요.

신햄릿

나는 가족들에게 어떤 꾸중을 들어도 거기에 말대꾸를 한 적이 한 번도 없었습니다. 그 사소한 꾸지람이 내게는 벼락처럼 강하게 느껴져 미쳐 버릴 것만 같아, 말대꾸는커녕 그 꾸지람이야말로 소위 대대로 이어져 온 인간의 '진리'임에 틀림없다, 나는 그 진리를 행할 능력이 없기 때문에 이제는 인간들과 함께 살아갈 수 없는 게 아닐까, 하고 생각했습니다. 그래서 나는 말다툼도 자기변명도 할 수가 없었습니다. 사람들이 나를 나쁘다고 말하면, 정말로 내가 심각한 잘못을 저지른 것 같은 마음이 들어, 언제나 그 공격을 순순히 받아들였고, 속으로는 미쳐 버릴 듯한 공포를 느꼈습니다.

인간실격

무구한 신뢰심은 죄인가?

유일하게 의지했던 아름다운 자질에조차 의혹을 품게 되고, 나는 이제 뭐가 뭔지 알 수가 없어져, 끝내는 그저 알코올에만 의지하게 되었습니다.

인간실격

이 사람들은 뭔가 잘못됐다. 하지만 이 사람들도 나의 사랑과 마찬가지로 이렇게라도 하지 않으면 살아갈 수 없는지도 모른다. 사람이 세상에 태어난 이상, 어떻게든 끝까지 살아 내야만 하는 것이라면, 이 사람들이 삶을 끝까지 살아 내기 위한 모습도 미워해서는 안 될지도 모른다. 살아 있는 것. 살아 있는 것. 아아, 이 얼마나 견딜 수 없는, 숨이 끊어질 듯한 대사업인가.

사양

왜 살아가지 않으면 안 되는 걸까. 그 물음에 고민하는 동안은 우리, 아침 햇살을 바라볼 수가 없다. 그리고 우리를 괴롭히는 건 오직 그 물음 하나뿐이다. 아아, 한숨 한 번마다 사람은 백 걸음씩 후퇴한다고 했던가.

고전풍

아아, 이 세상은 그저 사람을 무의미하게 괴롭히기만 하는 곳이다.

지쿠세이

재작년 무렵, 나는 내 생애에 종지부를 찍었다. 죽는다고 생각했다. 믿고 있었다. 그렇게 하지 않으면 이루어지지 않을 숙명을 믿고 있었다. 나 자신의 생애를 스스로 예언했다. 신을 모독한 것이다.

죽는다고 생각한 건 나뿐만이 아니었다. 의사도, 가족도 그렇게 생각했다. 친구도 그렇게 생각했다.

하지만 나는 죽지 않았다. 나는 어지간히 신의 총아임이 분명하다. 바라던 죽음은 주어지지 않았고, 그 대신 현세의 엄숙한 괴로움이 주어졌다. 나는 부쩍부쩍 살이 쪘다. 애교도 없고 무미건조하며, 그저 통통하고 덩치 큰, 추한 외모의 서른 살 남자일 뿐이었다. 신은 이 남자를 세상의 조소와 지탄과 경멸과 경계와 비난과 유린과 묵살의 화염 속으로 던져 넣었다. 남자는 그 화염 속에서 한동안 꿈틀댔다. 무시무시하게도 그 남자는 점점 더 튼튼해졌고, 귀염성이라고는 조금도 없어졌다.

답안낙제

결국 나는 인간의 삶이라는 것을 지금까지 전혀 몰랐다는 말이겠지요. 내가 생각하는 행복의 관념과 세상 사람들의 행복의 관념이 완전히 어긋난 것 같은 불안감, 나는 그 불안감 때문에 밤마다 몸을 뒤척이며 신음했고, 미쳐버릴 뻔한 적도 있었습니다.

나는 과연 행복한 걸까요? 어릴 때부터 종종 행복한 사람이라는 말을 들어왔지만, 나는 언제나 지옥 같은 심정이었고, 나를 행복한 사람이라고 말한 사람들이 오히려 내 눈에는 나와는 비교할 수도 없을 만큼 훨씬 편안해 보입니다.

인간실격

너희들이 가진 도덕은 전부 너희들 자신의, 혹은 너희 가족의 보전, 그것 말고는 한 발짝도 나아가지 않는다.

거듭 묻는다. 세상에서 내쫓긴다고 해도 좋다. 목숨 걸고 뭔가를 하는 것이 죄인가.

나는 나 자신의 이익을 위해 글을 쓰고 있는 것이 아니다. 믿기지 않겠지.

마지막으로 묻는다. 나약함과 고뇌는 죄인가.

여시아문

나는 집에서는 늘 농담을 한다. 그야말로 '마음에는 번뇌할' 일이 많기 때문에 '겉으로는 쾌락'을 꾸며낼 수밖에 없다고나 할까. 아니, 집에 있을 때뿐만 아니라 남을 대할 때도, 나는 마음이 아무리 괴롭고 몸이 아무리 힘들어도, 거의 필사적으로 즐거운 분위기를 만들려고 노력한다. 그렇게 손님과 헤어지고 나면 나는 지쳐 비틀거리고, 돈, 도덕, 자살을 생각한다. 아니, 그건 남을 대할 때뿐만이 아니라 소설을 쓸 때도 마찬가지이다. 나는 슬플 때 오히려 가볍고 즐거운 이야기를 만들려고 노력한다. 나로서는 가장 바람직한 봉사라고 생각하지만, 사람들은 그것을 알아채지 못하고, 다자이라는 작가도 요즘은 경박해졌어, 재미만으로 독자를 낚으려 하고, 대단히 안이해, 하고 나를 업신여긴다.

인간이 인간에게 봉사하는 것이 나쁜 것일까. 잘난 척하고, 여간해서는 웃지도 않는 것이 좋은 것일까.

앵두

안락한 삶을 살 때는 절망의 시를 짓고, 고통스러운 삶을 살 때는 생의 기쁨을 쓰고 또 쓴다.

잎

나 역시 남들이 사는 만큼의 집에서 살고 싶다고 생각합니다. 아이들이 불쌍하다고 생각한 적도 있습니다. 하지만 나는 도저히 좋은 집에서 살 수가 없습니다. 그것은 프롤레타리아 의식이나 프롤레타리아 이데올로기 같은 것에서 배운 것이 아니라, 예수가 네 이웃을 네 몸 같이 사랑하라고 한 말을 이상하리만치 완고하게 믿고 있어서인 것 같습니다. 하지만 나를 사랑하듯이 내 이웃을 사랑한다는 것은 도저히 해낼 수가 없는 일이라고 요즘 절실히 느끼고 있습니다. 인간은 전부 똑같다, 라는 사상은 그저 사람을 자살로 내몰기만 하는 게 아닐까요?

나의 반생을 말하다

이 세상은 경박한 사람일수록 영원히 모두에게 사랑받고 행복한 곳이다.

자, 가자.

너와 나 둘만은,

비바람을 맞으면서도,

날아다니고, 울며 외치고, 뛰어다닐 것이다!

신햄릿

괴로울 때 솔직하게 괴로운 표정을 짓는 사람은 행복합니다. 긴장했을 때 그대로 긴장한 자세를 유지할 수 있는 사람은 행복합니다. 나는 괴로울 때, 흐어엉 하고 바보 웃음을 짓고 싶어져 난처합니다. 속으로는 너무 긴장하고 있을 때도 불쑥 바보 같은 이야기가 하고 싶어져 난처합니다. "웃으면서 엄숙한 것을 말하라!" 니체도 멋진 말을 합니다.

다만 나는 화날 때는 진심으로 화를 내고 맙니다. 내 표정은 분노와 미소, 둘밖에 없는 것 같습니다.

작은 앨범

아무리 애를 써도 도저히 더는 살아갈 수 없을 것 같은 허전함. 이것이 불안이라는 감정일까. 가슴에 괴로운 파도가 밀려와, 마치 소나기가 그친 뒤 하늘에서 흰 구름이 허둥지둥 줄줄이 달려가듯, 내 심장을 조였다가 풀었다가 하고, 맥박은 불규칙해지고 호흡은 희박해지고 눈앞은 부옇게 흐려지며, 온몸의 힘이 손가락 끝에서 훌쩍 빠져나가는 느낌이 들어 뜨개질을 계속할 수가 없었다.

사양

존경받는다는 관념 또한 나를 몹시도 두려움에 떨게 했습니다. 거의 완벽에 가깝게 사람을 속이지만, 전지전능한 어느 한 사람에게 속셈이 들통나 버리고, 모든 게 산산조각이 나 버려 죽기보다 더한 창피를 당한다, 그것이 내가 내린 '존경받는다'라는 것의 정의였습니다.

인간을 속여서 '존경'받는다 한들, 어느 누군가는 알고 있다, 그리고 결국 그 한 사람의 가르침 덕분에 다른 인간들도 자신들이 속았다는 것을 깨달았을 때, 그때의 인간들의 분노, 복수는 과연 어떤 것일까. 상상만으로도 온몸의 털이 곤두서는 듯한 기분이 듭니다.

인간실격

부모가 없어도 자식은 자란다고 한다. 내 경우는, 부모가 있어서 자식이 자라지 않는다. 부모가 자식의 저금조차 다 써 버리고 있는 꼴이다.

아버지

도대체 당신은 지난 이삼 년 동안 뭘 한 거요? 살아 있었습니다. 그건 알고 있어. 아니요, 그것만으로도 온 힘을 다한 겁니다. 생활은 조금 익혔습니다. 하루하루 생활의 노력은 구부러진 못을 똑바로 펴려는 노력과 꼭 닮았습니다. 어차피 작은 못이니까 힘쓸 것도 없지만, 그래도 구부러진 못을 똑바로 펴려면 꽤나 강한 압력이 필요합니다. 그래서 옆에서 보기에는 전혀 대단할 것도 없지만, 느릿느릿 얼굴이 벌겋게 달아오른 채 살아 있었습니다.

팔십팔야

아침 해는 역시 굉장해. 신선하지. 저녁 해는 아무래도 조금 비린내가 나. 지친 물고기 냄새가 난다고.

부엉이 통신

태어나서, 미안합니다.

이십 세기 기수

나도 이제 서른아홉이 됩니다만, 앞으로 이 세상을 살아갈 것을 생각하면 그저 망연해지기만 할 뿐, 아직 아무런 자신도 없습니다. 그러니까 이런 소위 겁쟁이가 처자식을 먹여 살린다는 건 오히려 비참함이라고 불러도 되지 않을까 생각할 때도 있습니다.

나의 반생을 말하다

온갖 일들이 두 달 동안 뒤죽박죽되어 나를 덮쳤다. 괴로운 일이 이렇게 한꺼번에 연이어 일어나는 것이라고는 알지 못했다. 괴로움이 괴로움을 낳고, 슬픔이 슬픔을 낳고, 한숨이 한숨을 더한다.

신햄릿

불행한 사람은 남이 감싸 주고 동정해 주면 기뻐하기는커녕 더한층 자기 신세가 괴롭고 불행하게 여겨지는 법이다.

신석제국 이야기

살아 있는 게 슬퍼서 견딜 수가 없어. 쓸쓸하다는 둥, 외롭다는 둥, 그런 여유로운 것이 아니라 슬픈 거야. 음침한, 탄식의 한숨이 사방의 벽에서 들려올 때, 우리만의 행복 같은 게 있을 리가 없잖아. 자신의 행복도 영광도, 살아 있는 동안에는 절대로 없다는 걸 알았을 때, 사람은 어떤 기분이 들까. 노력. 그런 건 그저 굶주린 야수의 먹이가 될 뿐이야. 비참한 사람이 너무 많아. 아니꼬운가?

사양

신주쿠 길거리에서 주먹만한 크기의 돌덩이가 꾸물꾸물 기어가고 있는 것을 보았다. 돌이 기어가고 있군. 그냥 그렇게 생각했다. 하지만 그 돌덩이는 자기 앞에서 걷고 있는 그 추레한 아이가 실에 묶어 끌고 가는 것임을 바로 알아차렸다.

아이에게 속았다는 것이 쓸쓸한 게 아니다. 그런 천재지변 같은 일도 아무렇지 않게 받아들일 수 있었던 자신의 자포자기가 쓸쓸했던 것이다.

잎

이미 보아 버린 공허, 아직 보지 못한 초조와 불안, 그것들만의 연속으로 서른 살, 마흔 살, 쉰 살, 온 힘을 다해 아득바득 살다가 죽는 건 아닐까.

사도

사소한 남의 인정이 몸에 사무쳐 눈동자가 젖는 것도 늙음의 시작이구나.

HUMAN LOST

웃음거리가 되어, 웃음거리가 되어, 강해진다.

HUMAN LOST

내가 가장 괴로운 것은 웃기지도 않은데 정말 우습다는 듯이 웃어야 할 때다.

슈주라쿠

때리고 싶을 만큼 때려라. 짓밟고 싶을 만큼 짓밟아도 된다. 비웃고 싶을 만큼 비웃어라. 그러는 동안 문득 깨닫고 얼굴을 붉힐 때가 올 것이다. 나는 가만히 그때가 오기를 기다렸다. 하지만 내 착각이었다. 소시민이라는 것은 내가 머리를 숙이면 숙일수록 그만큼 덮쳐누르는 사람들이었던 것이다. 그렇게 깨달았을 때, 나는 두 번 다시 일어설 수도 없을 만큼 등뼈가 으스러진 것 같았다.

허구의 봄

나는 여행을 떠나면 풍경에든 인정에든 그다지 마음이 움직이지 않는다. 그것은 그 땅에 살고 있는 인간들의 생활을 바로 알아차려 버리기 때문일 것이다. 순수하게 풍경을 가리키며 감탄할 수 있는 사람은 행복하겠구나.

욕심이 부른 화

인간만사 새옹지마라고 3년 전에 그 할아버지가 말하며 힘을 북돋아 주었지만, 그건 거짓이다. 불행하게 태어난 사람은 아무리 시간이 흘러도 불행의 밑바닥에서 발버둥 치기만 할 뿐이다.

지쿠세이

나는 주변 사람과 거의 대화할 수가 없습니다. 뭘 어떻게 말해야 할지 모르겠습니다.

그래서 생각해 낸 것이 광대짓이었습니다.

그것은 인간에 대한 나 자신의 구애였습니다. 나는 인간을 극도로 두려워하면서도 인간을 도저히 단념할 수 없었던 것 같습니다. 그리고 나는 광대짓이라는 끈 하나로 겨우 인간과 이어질 수 있었습니다. 겉으로는 끊임없이 웃음 지으면서도 속으로는 필사적인, 그야말로 천재일우라고 할 만큼 아슬아슬하고 진땀나는 서비스였습니다.

인간실격

지금 내게는 행복도 불행도 없습니다.

다만, 모든 것은 지나갑니다.

내가 지금까지 아비규환으로 살아온, 소위 '인간' 세상에서, 단 하나 진리처럼 여겨진 것은 그것뿐이었습니다.

다만, 모든 것은 지나갑니다.

인간실격

祥邨

그래도 희망

행복감이란,
비애의 강바닥에 가라앉아
어렴풋이 반짝이는 사금 같은 것이 아닐까.
슬픔의 끝을 지나,
신비롭고 희미한 불빛 같은 기분.

하루하루를 꽉 채워 살아가는 수밖에 없다. 내일의 일을 고민하지 마라. 내일은 내일 스스로가 고민할 것이다. 오늘 하루를 즐거워하고, 노력하며, 남에게는 다정하게 살고 싶다.

요즘은 푸른 하늘도 어처구니없이 아름답다. 배를 띄우고 싶을 만큼 아름답다. 산다화 꽃잎은 꽃잎 조가비. 소리 내며 떨어진다. 이렇게 멋진 꽃잎이었나 하고 올해야 비로소 놀란다.

모든 것이 그립다. 담배 한 개비 피우는데도 눈물이 날 만큼 감사하는 마음으로 피운다. 설마, 진짜로 울지는 않는다. 나도 모르게 미소를 지을 정도라는 말이다.

신랑

인간에게 절망이라는 건 있을 수 없다. 인간은 종종 희망에 속기도 하지만, 또 마찬가지로 '절망'이라는 관념에 속을 때도 있다. 솔직히 말하겠다. 인간은 불행의 밑바닥에 떨어져 뒹굴면서도, 어느샌가 한 가닥 희망의 끈을 더듬더듬 찾아내기 마련이다.

판도라의 상자

당신은 그리스신화에 나오는 판도라의 상자 이야기를 알 것이다. 열어서는 안 되는 상자를 연 순간, 병고, 비애, 질투, 탐욕, 시기, 음험, 기아, 증오 등 온갖 불길한 벌레가 기어 나와 하늘을 뒤덮으며 붕붕 날아다니고, 그 후로 인간은 영원히 불행으로 몸부림쳐야만 했지만, 그 상자 한 구석에는 양귀비 씨만한 크기의 작고 빛나는 돌멩이가 남아 있었고, 그 돌에 희미하게 '희망'이라는 글자가 쓰여 있었다는 이야기.

판도라의 상자

죽으려고 생각했다. 올해 정월, 이웃에서 옷감 한 필을 받았다. 새해 선물이다. 옷감은 삼베였다. 쥐색의 가는 줄무늬가 짜여 있었다. 이건 여름에 입는 옷이겠군.

여름까지 살아 있자고 생각했다.

잎

나는 요즘 나의 장래 생활에 대해 아무것도 계획하지 않게 되었습니다. 허무가 아닙니다. 체념도 아닙니다. 어설픈 예측 따위 때문에 오른쪽으로 갈지 왼쪽으로 갈지 저울질하며 진중하게 재어 보기만 한다면 오히려 비참한 실패를 할 것입니다.

아침에 눈을 뜨고 오늘 하루를 충실히 사는 것, 나는 요즘 그것 하나만 명심하고 있습니다. 나는 거짓말을 하지 않게 되었습니다. 허영이나 타산이 아닌 공부를 조금씩 할 수 있게 되었습니다. 내일만 믿고 당장의 자리를 얼렁뚱땅 넘기는 일도 지금은 없어졌습니다. 하루하루만이 무척 소중해졌습니다. 결코 허무가 아닙니다.

지금 나에게는 하루하루의 노력이 전 생애의 노력입니다.

개인적인 편지

나는 흘러가는 물이다. 온갖 물가를 어루만지며 흘러간다. 나는 모두를 사랑한다. 아니꼬운가.

판도라의 상자

성실하게 노력하며 나아갈 뿐이다. 앞으로는 단순하게, 정직하게 행동하자. 모르는 건 모른다고 말하자. 못 하는 건 못 한다고 말하자. 쓸데없이 애매모호한 척만 하지 않으면, 인생은 의외로 평탄한 곳인 것 같다.

큰 바위 위에 작은 집을 짓자.

정의와 미소

나는 나에게서 영락을 느끼고 패자를 의식할 때면, 어김없이 베를렌의 울먹이는 얼굴이 떠오르며 마음이 놓인다. 살아야겠다고 생각한다. 그 사람의 나약함이 오히려 내게 살아가야겠다는 희망을 준다. 나는 나약한 반성의 궁극에서가 아니라면 진정으로 숭엄한 광명은 나타날 수 없다고 굳게 믿는다.

어쨌든 나는 좀 더 살아 보고 싶다. 다시 말해, 최고의 자부심과 최저의 생활로 어쨌든 살아 보고 싶다.

복장에 대해서

'모두를 사랑하고 싶다'라고 눈물이 날 만큼 생각했습니다. 가만히 하늘을 보고 있으니 점점 하늘이 변해 갑니다. 점점 푸르스름해집니다. 그저 한숨만 나오고, 발가숭이가 돼 버리고 싶어졌습니다. 나뭇잎과 풀이 지금처럼 투명하고 아름답게 보인 적도 없습니다. 살짝 풀을 만져 보았습니다.

아름답게 살고 싶다고 생각했습니다.

여학생

나는 언제나 혼자 있다. 그리고 혼자 있을 때의 내 모습이 가장 아름답다고 믿는다.

벽안탁발

그렇기 때문에 달리는 것이다. 누군가가 나를 믿고 있기 때문에 달리는 것이다. 시간 안에 다다르지 못 할지는 문제가 되지 않는다. 사람의 목숨도 문제가 안 된다.

나는 뭔지 모를, 더 두렵고 더 커다란 것을 위해 달리고 있는 것이다.

달려라 메로스

파란 호수 같은 눈, 푸른 초원에 누워 높은 하늘을 바라보고 있는 듯한 눈, 이따금 구름이 흘러가며 비친다. 새의 그림자까지 또렷이 비친다.

아름다운 눈을 가진 사람을 많이 만나 보고 싶다.

여학생

가끔은 몹시 내 마음을 때린 일도 있었던 것 같고, 괴롭고 부끄러운 일도 있었지만, 지나가 버리면 아무것도 아닌 것이나 마찬가지다.

지금, 이라는 순간은 재미있다. 지금, 지금, 지금, 하고 손가락을 꼽고 있는 동안에도, '지금'은 멀리 날아가 버리고 새로운 '지금'이 와 있다.

여학생

나는 꽃도 잎도 싹도 아무것도 달리지 않은 그런 나뭇가지가 좋아요. 그래도 번듯하게 살아 있잖아요.

마른 나뭇가지와는 달라요.

사양

밖에는 꿈실꿈실 사람들의 물결, 힘겹습니다. 이리 밀리고 저리 밀리며 다들 하나같이 땀에 젖어, 그래도 아무렇지 않은 척 걸어가고 있습니다. 걷고 있어도, 뭐 하나 이렇다 할 목적은 없지만, 그래도 다들 하루하루가 쓸쓸하니까, 뭔가 속으로 기대를 품고 아무렇지 않은 척 신주쿠를 걸어 보는 것입니다. 아무리 신주쿠 거리를 왔다 갔다 돌아다녀 본들, 좋은 일이라곤 아무것도 없습니다. 뻔한 것입니다.

하지만 행복이란, 그것을 어렴풋이 기대할 수 있다는 것만으로도, 행복한 것입니다. 지금 이 세상에서는 그렇게 생각해야 합니다.

사랑과 미에 대하여

행복감이란, 비애의 강바닥에 가라앉아 어렴풋이 반짝이는 사금 같은 것이 아닐까.

슬픔의 끝을 지나, 신비롭고 희미한 불빛 같은 기분.

사양

죽음을 이웃하고 살아가는 사람에게는 삶과 죽음의 문제보다도, 한 송이 꽃의 미소가 더 몸에 사무친다. 우리는 지금, 말하자면 아스라한 꽃향기에 이끌려 정체 모를 큰 배에 실려 하늘의 항로를 따라 되는대로 몸을 맡긴 채 나아가고 있다.

하늘의 뜻에 따르는 그 배가 어느 섬에 다다를지, 그건 나도 모른다. 그렇지만 우리는 이 항해를 믿어야 한다. 죽느냐 사느냐, 그것은 이제 인간의 행복과 불행을 결정할 열쇠는 아닌 것 같다는 생각마저 들었다. 죽은 자는 완성되고, 산 자는 출범하는 배의 갑판 위에 서서 죽은 자에게 합장한다. 배는 스르르 바닷가에서 멀어진다.

판도라의 상자

나를 기다리고 있는 사람이 있다. 한 치의 의심도 없이, 조용히 기대하고 있는 사람이 있는 것이다. 나를 믿고 있다. 내 목숨 따위는 문제가 아니다. 죽어서 사죄하겠다, 같은 태평스러운 소리를 하고 있을 수는 없다.

나는 신뢰에 보답해야 한다. 지금은 오직 그것 하나뿐이다.

달려라 메로스

살아가는 힘.

— 싫증나 버린 활동사진을 끝까지 보고 있는 용기.

벽안탁발

나의 싸움. 그것은 한마디로 말하면 낡은 것과의 싸움이었습니다. 흔해 빠진 잘난 체하는 것과의 싸움입니다. 속이 뻔히 들여다보이는 체면에 대한 싸움입니다. 쩨쩨한 것, 쩨쩨한 인간들과의 싸움입니다.

미남자와 담배

이제는 아무 말도 하지 않고, 빠르지도 않고 느리지도 않게, 지극히 평범한 발걸음으로 똑바로 걸어갈 테다. 이 길은 어디로 이어져 있을까. 그것은 뻗어 가는 덩굴풀에게 물어보는 게 좋다.

덩굴풀은 대답하겠지.

"난 아무것도 몰라요. 하지만 뻗어 가는 쪽에 햇빛이 비치고 있는 것 같아요."

판도라의 상자

나는 지금 아니요, 라고 말할 수 있게 되었습니다. 생활인의 강함이란, 아니요, 하고 분명히 말할 수 있는 용기입니다. 나는 그렇게 생각합니다. 주변 사람들과의 관계에서 아니요, 라고 말해야 할 때, 아니요, 라고 분명히 말하는 것, 그렇게 할 수 있게 됐을 때, 나는 생활이라는 것에 자신감을 가지게 되었습니다.

돌아오지 않은 친구에게

믿는 것 외에는 아무것도 없다. 나는 고지식하게 믿는다. 로맨티시즘에 기대어, 꿈의 힘에 기대어, 난관을 돌파하려고 마음먹었다. 그럴 때, 그만둬, 그만둬, 허리띠가 풀어졌잖아, 하고 남에게 못된 충고는 말하는 게 아니다. 믿고 따라가는 것이 가장 옳다. 운명을 함께하는 것이다. 한 가정에서도, 또 친구와 친구 사이에서도 똑같은 말을 할 수 있을 것이다.

희미한 목소리

우리는 생명을 깃털처럼 가벼운 것으로 생각한다. 하지만 그것은 생명을 함부로 여긴다는 의미가 아니다. 생명을 깃털처럼 가벼운 것으로 사랑한다는 말이다.

판도라의 상자

정원 구석에 장미꽃 네 송이가 피어 있다. 노란색이 하나, 흰색이 둘, 핑크가 하나. 멍하니 꽃을 바라보면서 인간에게도 정말 좋은 점이 있네, 하고 생각했다.

꽃의 아름다움을 발견한 건 인간이고, 꽃을 사랑하는 것도 인간이니까.

여학생

인생의 출발은 언제나 달콤하다.

일단 시도하라. 파국의 뒤에도 봄은 온다.

화촉

저 계곡 너머에 분명 아름다운 꽃이 피어 있다고 믿을 수 있는 사람만이 아무 망설임 없이 등나무 줄기에 매달려 계곡 너머로 건너갑니다. 사람들은 그것을 곡예인줄로 생각해 박수를 치기도 하고, 또는 인기몰이라며 얼굴을 찌푸리기도 합니다.

하지만 그것은 절대로 곡예사의 줄타기가 아닙니다. 등나무 줄기에 매달려 계곡을 건너는 사람은 그저 그 너머에 피어 있는 꽃을 보고 싶어 하는 것일 뿐입니다. 자신은 지금 모험을 하고 있다는 따위의 그런 비속한 허영 같은 건 갖고 있지도 않습니다. 그 어떤 모험이 자만이 될 수 있다는 말입니까? 어처구니가 없군요. 믿는 것입니다. 꽃이 있다는 걸 굳게 믿고 있는 것입니다. 그런 모습을, 이를테면 모험이라고 부르는 것뿐입니다.

당신에게 모험심이 없다는 것은 당신에게 믿는 능력이 없다는 것입니다. 믿는 것이 천합니까? 믿는 것이 나쁩니까? 아무래도 당신 같은 신사들은 믿지 않는 걸 자랑스러워하며 사니까 어찌할 도리가 없군요.

옛날이야기

행복의 소식이란 기다리고 있을 때는 절대 오지 않는 법이다. 절대 오지 않는다. 친구를 기다리다가, 아아, 저 발소리는? 하고 가슴이 두근거릴 때, 그건 결코 그 사람의 발소리가 아니다. 그리고 그 사람은 불쑥 찾아온다. 발소리고 뭐고 아무것도 없다. 아무것도 기대하지 않은 그 공백의 시간을 노려, 불쑥 찾아온다. 희한한 일이다.

정의와 미소

자네, 경멸해서는 안 되네. 세상에는 우리 같은 종류의 인간도 분명 필요한 거야. 없어서는 안 돼. 중요한 톱니바퀴 중의 하나야. 나는 그걸 믿고 있어. 그러니까 괴로워도 이렇게 열심히 살고 있는 거야. 내가 어디 죽을까 보냐. 자기애. 인간은 이걸 잊어서는 안 돼. 결국 의지할 것은 그 마음 하나뿐이야.

푸른 나무의 말

혼자서 해 나가세요. 그런 고생도 조금은 피가 되고 살이 됩니다. 사방팔방으로 꽉 막혔을 때는 누군가에게 이야기하세요. 괴로워도, 초라해도, 죽지 말고 살아 있으세요. 신기하게도 큰 괴로움 뒤에는 반드시 큰 기쁨이 따라옵니다. 그리고 그것은 수학처럼 정확합니다. 안달하지 말고 오로지 건강에 전념하시기 바랍니다.

허구의 봄

자부심을 잃은 남자의 모습만큼 추한 건 없다고 생각합니다. 그렇지만 당신은 절대 자신을 학대해서는 안 됩니다. 당신에게는 악한 자에 맞서는 마음과 정이 넘치는 세계를 바라는 마음이 있습니다. 그것은 당신이 잠자코 있다 해도 멀리 있는 어느 한 사람은 분명히 알고 있습니다. 당신은 그저 조금 나약할 뿐입니다. 나약하고 정직한 사람은 모두가 감싸 주고 소중히 해야 한다고 생각합니다.

원숭이 얼굴을 한 사람

오륙백만 명의 사람들이 오륙백만 번, 육칠십 년을 계속해서 속삭이고 있는 말, '마음먹기'라는 말의 위로를 믿자. 나는 오늘부터 단 한 방울의 눈물도 보이지 않을 생각이다.

HUMAN LOST

"자신감이란 무엇입니까?"
"미래의 등불 빛을 보았을 때의 마음의 모습입니다."
"현재는요?"
"아무 데도 쓸데가 없습니다. 바보입니다."

"당신은 자신이 있습니까?"
"있습니다."

희미한 목소리

조금이라도 칭찬받은 일은 평생 잊어버리지 않아요. 기억하고 있는 편이 즐겁거든요.

사양

일하겠습니다.

놀지 않겠습니다.

아주 오래 살아서 세상 사람들에게 훌륭한 사람이라는 말을 듣도록 참고 견디며 노력하겠습니다.

절대 헛소리가 아닙니다.

앞으로 10년, 괴로움을 억누르고 조금이라도 밝은 세상을 만들고자 노력할 생각입니다.

요즘 예술에 대해 꿈쩍도 하지 않을 신앙을 갖기 시작했습니다.

괜찮을 거라고 생각합니다.

나를 사랑하겠습니다.

서간

지저귀는 종달새. 맑게 흐르는 물.

투명하게, 그저 경쾌하게 살아라!

판도라의 상자

기나긴 일이다. 마라톤이다. 지금 당장 한꺼번에 모든 문제를 해결하려고 생각하지 마라. 천천히 준비해서 하루하루를, 적어도 후회 없이 보내라.

행복은 3년 늦게 찾아온다.

답안낙제

'나는 스스로를 행복한 남자라고 생각했다. 슬픔은 돈을 주고서라도 사라는 말이 있다. 푸른 하늘은 감옥의 창에서 보았을 때 가장 아름답다고 했던가. 감사한 일이다. 이 장미꽃이 살아 있는 한, 나는 마음의 왕이다. 순간 그런 생각이 들었다.

젠조를 생각하다

오욕 속에 있으면서도 참고 견디며 살아 있는 남자도 있는 것이다. 죽는 사람은 자기 자신만 생각한다. 나는 죽지 않겠다. 살아서, 나의 숙명을 다할 것이다. 신은 반드시 나 같은 고독한 남자를 사랑해 줄 것이다. 강해져라!

신햄릿

'당신은 절대 부끄러워해서는 안 됩니다.'

이것은 금언입니다. 뒷문으로 들어가지 말고, 당당하게 정문으로 들어갑시다. 당신에게는 그만큼의 가치가 있습니다.

서간

생활.

기분 좋은 일을 끝내고
한 잔의 차를 홀짝인다
차의 거품 속에
예쁜 내 얼굴이
몇 개나 몇 개나
비치어 있구나

어떻게든, 된다.

잎

살아 있는 자에게는 시를 쓸 권리가 있습니다.
순수하게 살아 계십시오.

하늘을 나는 새를 보라,
씨 뿌리지 않고,
벼 베지 않고,
곳간에 쌓지 않는다.

들판의 백합은 어떻게
자라는지 생각하라,
스스로 애쓰지 않고,
실을 잣지 않는다.

자신을 사랑하시기 바랍니다.

서간

다자이를 추억하다

보기 드문 글재주

사토 하루오

아쿠타가와 상(賞)의 계절이 되면 언제나 다자이 오사무가 떠오른다. 그가 끈질기게 이 상을 받고 싶어 한 것을 잊을 수가 없기 때문이다. 사건의 전말은 전에도 한 번 쓴 적이 있다. 내가 그때 쓴 그 글을 폭로 소설쯤으로 읽은 사람도 있는 모양이어서 나는 한참을 내버려 둔 채 작품집에도 싣지 않았다. 그러다 얼마 전 잡지 《분게이》에 다시 실려 오랜만에 새로 읽어 보았는데, 일언반구의 악의도 없음을 나 스스로도 확인했기 때문에 마음 놓고 다시 작품집에 실었다.

그 작품에는 어떠한 악의도 없으며 오히려 깊은 우정에서 우러나온 충고가 담겨 있는데, 지금 냉정하게 읽어 보면 누구든 이것을 이해해 주리라 생각한다. 다만 그 작품은 정곡을 찌르면서 진실을 말하고 있을 뿐이다. 나는 정말로 진실이라면 누구에게든 거리낌 없이 그것을 말해도 된다고 믿는다. 세상의 보통 사람이 아니라 적어도 문학을 업으로 할 정도의 인간이라면 이런 것쯤은 상식이라고 생각하겠지만, 너무도 진실을 말한 것이 다자이의 마음에 거슬렸던 모양이다. 겉모습에 신경을 많이 쓰는 그는 거울에 또렷이 비친 자기 모습이 자기 자신을 똑바로 쳐다보고 있는 것이 견딜 수 없이 부끄러웠을 것이다. 그런 허세에서 나온 부끄러움과 거들먹거림이 다자이의 문학을 세련되지만 조금은 나약하게 만든다.

언제부터인가 그는, 너무 진실한 것을 보고 너무 진실한 것을 말하는 나를 찾아오지 않게 되었고, 오로지 이부세만 찾았던 모양이다. 나도 깨지기 쉬운 물건처럼 조심조심 사귀어야 하는 사람은 성가시다고 여겨 찾아오지 않는 그를 억지로 부를 필요는 없다고 생각했지만, 그의 재능은 처음부터 크게 인정하고 있었다. 나는 그가 아쿠타가와상 같은 것은 받지 않아도 자신만의 독자적인 유파를 번듯이 이룰 만한 재능이 있다고 믿었고, 그것을 그에게 자각시켜 주고 싶었던 것이 그를 모델로 《아쿠타가와 상》이라는 제목의 작품을 쓴 동기이기도 했다.

세상 사람들이나 평범한 문예가들이 그 작품을 어떻게 읽든 내가 상관할 바 아니지만, 다자이 자신이 그것을 내 의도대로 읽지 못했다는 것이 나로서는 참으로 안타까웠다. 그리고 그 뒤로 내게 다가오지 않게 된 그를 조금은 유감스럽게 여기면서도, 나는 멀리서나마 그를 지켜보고 있었다.

1943년 가을, 남방 전선에 있던 나는 1944년 봄에 싱가포르에서 뎅기열에 걸리는 바람에 일주일쯤 병원에 입원한 적이 있다. 그때 우연히 호텔 직원이 머리맡에 두고 간 잡지《가이조》를 보니 그의 단편〈길일〉이 실려 있었다.

단 한 번만 읽고도 나는 새삼 그의 글재주에 경탄했다. 다자이의 글재주는 그와 깊이 통하던 친구 단 가즈오와 쌍벽을 이룬다고 생각한다. 특히 그와 단은 본질적으로는 대척점에 있었는데, 오히려 그것이 그들이 깊은 우정을 나눌 수 있었던 비밀이었는지도 모르겠다. 예를 들면, 단은 남국적이고 남성적이며 거칠고 경거망동한 반면에, 다자이는 북국적이고 여성적이며 섬세하고 의식 과잉이다.

병이 거의 나아 무료하게 지내는 동안 나는 머리맡에 놓여 있던〈길일〉을 날마다 하루 일과처럼 하염없이 읽었다. 다른 읽을거리라고는 신문뿐이었기에 신문 기사를 골라 읽은 다음에는 꼭〈길일〉을 즐겨 읽곤 했다. 그러다가 나중에는 그냥 읽기만 하면 재미가 없으니, 문장이나 다른 어떤 것에서 뭔가 결점이라도 하나 찾아내겠다며 스스로에게 못된 숙제를 내주고서 읽어 보았다. 하지만 쓸데없는 허세나 쑥스러움 같은 새삼스러운 근본적인 불만은 내버려 두더라도, 단편의 구성이나 문장의 세련됨에 결점이라고는 찾아볼 수가 없었다. 나는 먼지 털기라도 하듯 심술궂게, 아니 그보다는 고집스럽게 두 번 세 번 거듭하여 읽었지만 결국 결점이라고 생각될 만한 것은 발견할 수 없었다. 내가 귀국했다는 소식을 듣고 그가 만나러 왔을 때 내가 직접 그에게 그 말을 들려준 것 같다는 생각이 든다. 만약 그랬다면 1944년 6월쯤에 그를 만난 것이 아마 마지막이었을 것이다. 어쩌면 직접 만나서 말한 게 아니라 그가 보내준 책에 감사의 인사말로 썼는지도 모르겠다. 만약 그렇다면 1946년 봄이었을까, 어쨌든 이제는 기억이 가물가물하다.

그의 죽음은 신슈의 산속에 있을 때 알았다. 언젠가는 결국 그런 최후를 맞이할 수밖에 없는 운명이라는 느낌이 있어서, 기왕에 몇 차례나 시도했지만 실패했으니 이번에는 성공했으면 하는, 묘하게 인정머리 없고 허무적인 생각을 했던 나는, 왠지 남의 일 같지 않게 무거운 짐을 내려놓은 듯한 홀가분한 마음이 들면서도, 또 한편으로는 화가 치밀어 오르는 이상한 기분이 들었던 것을 잊을 수가 없다.

《쓰가루》는 출판될 당시에 읽지 않고 얼마 전, 그러니까 작년 말인가 올해 초인가, 나카타니 다카오에게서 빌려 읽고 대단히 감탄했다. 그 작품에는 그의 결점이 전혀 눈에 띄지 않고 그의 장점만 나타나 있는 것 같았다. 다른 모든 작품을 모조리 없앤다 하더라도, 이 작품 하나만으로 그는 불후의 작가 중 한 사람이라고 말할 수 있을 것이다.

그 작품에 묘사되어 있는 땅은 그의 고향인 가나기 지역을 빼고는 나도 전부 보아 왔던 곳이라 잘 안다고 생각했는데, 토지의 풍토와 사람들의 정서를 그토록 훌륭하게 짜 맞추어 놓은 그의 재능은 정말 대단하다. 그가 죽기 전에 이 작품을 읽고 직접 그에게 칭찬해 주지 못한 것이 천추의 한이다.

주로 신슈에 머물러 있는 동안 나는 그의 앵두기*에 한 번도 찾아가지 않았는데, 올해 7주기 모임에 처음으로 아내와 함께 참석해 그의 자식들이 성장한 모습을 보았다. 그때 그 자리에서 말한 이야기가 바로 지금 쓰고 있는 이 글의 내용이다.

---

* 다자이의 기일. 그가 죽기 한 달 전에 발표된 자전적인 단편 소설이 〈앵두〉이고, 또 그가 죽은 때가 앵두가 날 시기여서 붙여진 이름이다.

사토 하루오(佐藤春夫) 1892~1964

소설가, 시인, 평론가. 권태와 우울을 테마로 한 소설을 주로 썼으며 대표작으로는 《전원의 우울》이 있다.
다자이가 스승으로 삼은 작가 중의 하나로, 일찍부터 다자이의 비범한 재능을 인정하고 많은 관심을 보였다. 다자이의 개인적인 생활에도 여러 도움을 주었는데, 특히 그가 약물에 중독되었을 때는 열심히 병원을 알아보기도 했다.
사토와 다자이 사이에는 아쿠타가와 상에 얽힌 에피소드가 유명하다. 제1회 아쿠타가와 상 후보에 다자이의 작품 〈역행〉이 후보에 올랐는데, 당시 심사위원이었던 사토의 지지를 받았지만 결국 수상하지 못하고 차석에 그쳤다. 당시 수상을 기대했던 다자이는 매우 낙담했다고 한다.
그 후 제3회 때도 다자이의 《만년》이 후보에 올랐지만 이미 발표된 작품이라는 이유로 수상하지 못했는데, 그때 이 상을 너무도 간절히 바랐던 다자이가 상을 달라고 애원하는 장문의 편지를 사토에게 보낸 것이다. 이 사건 이후로 다자이는 사토와 소원해졌는데, 이 글은 사토가 그 때의 일을 떠올리며 쓴 글이다.

다자이 오사무와 보낸 하루

도요시마 요시오

1948년 4월 25일 일요일 오후, 전화가 왔다.

"다자이입니다만, 지금 찾아봬도 괜찮을까요?"

목소리의 주인공은 다자이가 아니라 사짱이다. '사짱'은 우리가 부르는 이름으로, 그녀의 본명은 야마자키 도미에다.

일요일에는 집에 손님이 거의 오지 않는다. 다자이와 느긋하게 시간을 보낼 수 있겠다고 생각했다.

조금 있으니까 두 사람이 나타났다. 생각해 보니 다자이는 미타카에 살고 나는 혼고에 있으니, 시간을 따져 보면 오차노미즈 근처에서 전화를 건 모양이다. 찾아가도 괜찮겠냐는 말은 그저 예의상 한 말일 뿐, 사실은 내가 집에 있는지 확인하려 했던 걸까.

"오늘은 푸념 좀 늘어놓으려고 왔습니다. 제 불평 좀 들어 주십시오" 하고 다자이가 말한다.

그가 그런 말을 한 것은 처음이었다. 그는 좀처럼 그런 말을 하는 남자가 아니다. 마음속에 어떠한 고민을 품고 있다 해도 남들 앞에서는 쾌활한 척하는 것이 그의 성격이다.

나는 그가 하고 있는 작업에 관해 물었다. 반쯤 마무리되었다고 한다. — 그는 그 무렵 잡지《덴보》에 연재할 소설《인간실격》을 쓰고 있었다. 지쿠마쇼보 출판사의 고다 씨의 배려로 전반부는 아타미에서, 후반부는 오미야에서 썼는데, 마침 아타미에서 돌아와 있을 무렵 나를 찾아온 것이다. 나는 나중에《인간실격》을 읽고, 거기서 엿보이는 어두운 그림자에 마음이 찡하게 울렸다. 그 어두운 그림자가 그의 마음속 깊은 곳에 쌓여 있었을 테다.

그런데 푸념을 늘어놓으려고 왔다면서, 다자이는 푸념 같은 소리는 한마디도 하지 않았다. 그래서 바로 술자리를 마련했다.

대체로 우리 같은 문학가들은 몇몇 예외는 있지만 술을 자주 마신다. 문학 작업은 자신의 생각과 몸을 잘게 저미는 것 같은 일일 때가 많은데, 아무리 애를 써도 그게 잘

안 될 때는 술을 마신다. 또 머릿속이나 마음속에 불쾌한 앙금이 쌓여 있을 때, 그걸 없애려고 술을 마신다.

다자이도 그랬다. 무모하고 자유분방한 삶을 산 것 같지만, 한편으로는 무척이나 미안해하고 부끄러워할 때도 있었다. 타협적인 말은 하지 않고 솔직하게 심경을 토로하는데, 그걸 무의식적으로 쑥스러워하기도 한다. 그리고 그 쑥스러움을 감추려고 술을 마신다. 사람을 만나면 술 없이는 말을 잘 못 한다. 그래서 그는 남보다 곱절이나 술을 마셨다. 그를 만날 때는 나도 술이 없으면 곤란했다.

그날은 하필 집에 술이 조금밖에 없었다. 집 근처 술 가게는 술이 금방 다 팔려 버린다. 술을 구하기가 꽤 어렵다. 다자이가 사짱에게 귓속말을 하더니 전화를 걸게 한다. 일요일인데 어디다 전화를 하나 했는데, 그리 멀지 않은 곳에 우리 둘 다 스스럼없이 지내는 지쿠마쇼보 출판사와 야쿠모쇼텐 출판사였다.

"여보세요, 저, 사짱인데요……"

사짱이 자신의 이름을 댄다. 다자이가 도요시마 댁에 와 있다고 하면서, 혹시 술이 좀 있는지 묻는다. 그 대신 원고료에서 술값을 제하라고 한다. 두 출판사 모두 사무실을 지키는 사람이 있었다. 야쿠모쇼텐에서 고급 위스키 한 병이 도착하고, 밤이 되자 지쿠마쇼보에서도 우스이 군이 고급 위스키 한 병을 손수 들고 왔다.

원래 다자이는 남을 대접하기를 좋아하고, 남에게 대접받는 건 싫어했다. 대갓집에서 자란 타고난 성품일까. 일찍이 생가와 의절하고 원고도 그다지 팔리지 않아 가난한 떠돌이 생활을 하던 무렵, 그는 그런 생활 때문에 꽤 굴욕적인 기분을 느꼈을 것이다.

내가 다자이와 친해진 건 최근이지만, 내 집에 와서도 그는 늘 내게 대접하려고 했다. 가난한 내게 폐를 끼치고 싶지 않다는 배려도 있었을 것이고, 연장자인 내게 예를 갖추려는 마음도 있었을 것이다. 그가 기꺼이 신세를 진 곳은 아마 그가 세상을 뜬 뒤에도 뒷일을 도맡아 주었을 세 곳, 즉 신초샤, 지쿠마, 야쿠모 세 출판사였을 것이다.

그날도 다자이는 술을 구해다 주었다. 그뿐 아니라 사짱에게 이것저것 먹을거리를 사 오게 했다. 내 딸이 결혼한 뒤에도 내 집에서 함께 살고 있었는데, 그 무렵 딸이 병으로 자리에 누워 있다는 걸 알고 딸을 위로해 주겠다며 버터와 통조림 같은 걸 사 오게 했다.

재미있는 건 닭고기 요리였다. 꽤 오래전에 다자이가 우리 집에 놀러 왔을 때, 내가 그 앞에서 직접 닭을 요리해서 내준 적이 있다. 그런데 그 닭이 좀 이상해서 암탉인지 수탉인지 정체를 알 수 없었다. 자궁도 고환도 없어 크게 웃은 적이 있다. 닭을 손질하느라 피비린내를 풍기는 바람에 다자이가 싫어하겠구나 싶었는데, 의외로 그게 재미있었던지 나중에 딴 데서 자신이 손수 칼을 잡고 요리하느라 사방을 온통 피범벅으로 만들었다고 한다. 그런 이야기를 듣기도 했고, 또 지난번의 실패를 만회하고 싶은 마음에 나는 닭 한 마리를 통째로 구해 오게 해서 식탁 위에서 솜씨 좋게 닭을 해부해 보였다. 그런데 그 닭이 마침 막 낳으려던 알을 하나 품고 있었던지, 아직 껍질이 말랑말랑한 큰 알이 튀어나오는 바람에 나도 다자이도 조금 당황했다.

술자리에서까지 문학을 논하는 건 나도 다자이도 싫어한다. 정치적인 시사 문제 따위도 재미없다. 대화는 저절로 자연, 즉 산천초목에 관한 것이 주된 이야깃거리가 된다. 예전에 다자이와 집 근처를 걷다가, 참새가 둥지를 튼 은행나무 주변을 지나간 적이 있다. 지금은 그 주변이 전쟁으로 불타 버렸지만, 예전에는 그 은행나무에 참새가 수천 수백 마리나 떼를 지어 지저귀는 바람에 근처 사는 사람들이 새벽부터 잠을 깼다고 한다. 그 은행나무가 다섯 그루 나란히 서 있다고 내가 말하자, 다자이는 세 그루밖에 안 보인다고 했다. 그러고 보니, 정말 세 그루였다. 도요시마 씨가 하는 말은 완전 엉터리군, 다섯 그루라는데, 뭐야, 세 그루밖에 없잖아, 하고 다자이는 크게 웃었다. 술에 취하면 그때 이야기를 입버릇처럼 꺼내곤 했다. 암수를 구별할 수 없었던 닭 이야기도 그가 술에 취하면 입버릇처럼 하는 이야기다. 그런 얘기를 하면서 그날도 배꼽을 잡고 웃었다. 마음속에 근심과 번민이 있을수록 이런 시답잖은 것에 웃고 즐기는 것이다.

밤이 되자 우스이 군이 와서 꽤 시끌벅적해졌다. 벌써 어지간히 술에 취한 나는 무슨 말을 했는지 잘 기억나지 않는다. 나는 술에 취하면 술버릇처럼 눈앞에 있는 사람의 험담을 술안주 삼아 늘어놓는 일이 많은데, 어쩌면 우스이 군에게 실례되는 말을 했는지도 모르겠다.

우스이 군은 술을 마셔도 잘 취하지 않는다. 적당히 마시고 돌아갔다.

다자이도 나도 술에 취해 녹초가 되었다. 다자이는 비타민 B1 주사를 맞는다. 몇 번인가 피를 토하기도 했고 체력도 상당히 약해져, 늘 비타민제 같은 걸 먹고 주사도 맞는다. 주사를 놓는 것은 사짱의 일이다. 그녀는 용감하게 잽싸게 놓는다. 비타민 B1은 앰풀 액이 변질되지 않도록 산성으로 되어 있는데, 이게 꽤 아프다. 사짱이 주사를 놓으면, 아얏, 하고 다자이가 얼굴을 찡그린다.

"내가 한번 놓아 주지. 안 아프게 놔 줄 테니까."

살갗에 바늘을 찌르고 아주 천천히 약을 주입한다.

"어때? 안 아프지?"

"음." 다자이는 고개를 끄덕인다.

그러다가 약을 거의 다 넣었을 때쯤 나는 갑자기 세게 밀어 넣는다.

"아얏!" 그리고 웃음을 터뜨린다.

사짱은 주사는 용감하게 놓지만, 다른 것들은 조심조심 하면서 다자이의 일을 돕는다. 다자이가 아무리 제멋대로 말을 해도, 무슨 일을 해 달라고 해도, 한 마디 항변도 하지 않는다. 다자이가 부탁하는 대로 움직인다. 그뿐만 아니라 적극적으로 세세한 부분까지 신경을 쓰며 챙겨 준다. 방문 틈새로 바람이 들어오면 그 바람조차 다자이가 맞지 않게 하려고 한다. 그것은 완전히 절대적인 봉사다. 집 밖에서 일하는 습관이 있는 다자이에게 사짱은 가장 완벽한 조력자이자 간호사다. 집안일은 미치코 부인이 잘 해낸다. 다자이는 그저 자기 일만 하면 되었다.

우리는 다자이와 사짱 사이에 애욕적인 것의 그림자는 조금도 느끼지 못했다. 두 사람 사이에는 뭔가 맑고 깨끗한 것이 있다고까지 느꼈다. 나는 이 느낌이 틀렸다고 생각하지 않는다. 그래서 나는 아무렇지도 않게 두 사람을 한방에 묵게 했다. 그날 밤도 묵게 했다.

이튿날 아침, 무슨 일인지 다자이가 사짱에게 시키지 않고 직접 밖으로 나갔다. 한참 지나서 꽃을 한 다발 들고 돌아왔다. 튼튼한 줄기에 하얀 꽃들이 무리 지어 핀 속에 아름답고 붉은 작약 두 송이가 들어 있다.

"어때? 이런 건 내가 아니면 몰라. 따님을 꼭 닮았지?"

사짱을 뒤돌아보며 다자이가 말한다. 쑥스러운 모양이다. 이것만큼은 자신이 손수 사 오고 싶었던 것이다. 그리고 이걸 따님에게 드리라며 내게 내밀었다.

우리는 남은 위스키를 마시기 시작했다. 하녀가 한 사람뿐이어서 사짱이 또 이리저리 움직인다. 야쿠모쇼텐에서 가메지마 군이 왔고, 지쿠마의 우스이 군도 또 들렀다. 얼마 있다 다자이는 그들의 보살핌을 받으며 돌아갔다. 양복 차림에 무거워 보이는 군화, 건강해 보이기는 했지만, 뒷모습이 왠지 지쳐 보인다. 지쳤다기보다는 우울한 그림자가 보인다.

그 뒤로 나는 다자이를 보지 못했다. 본 것은 그의 사체였다. — 죽음은 그에게 일종의 여행길이었을 것이다. 그 여행길에 마지막까지 사짱이 함께 있었다는 것을 나는 오히려 기쁘게 생각한다.

도요시마 요시오(豊島与志雄) 1890~1955

소설가이자 번역가, 평론가. 소설, 희곡, 번역, 평론 등 다양한 분야에서 활동했다. 《레 미제라블》,《장 크리스토프》 등을 번역한 프랑스 문학 번역가로도 유명하다.

다자이가 진심으로 존경하고 어리광을 부릴 수 있었던 몇 안 되는 선배 작가였다. 다자이는 자주 야마자키 도미에와 함께 도요시마의 집을 찾아와 술을 마셨다고 한다. 이 글은 다자이가 사망하기 두 달 전에 마지막으로 도요시마를 찾아왔을 때를 회상하며 쓴 글이다. 도요시마는 다자이의 장례식 때 장의위원장을 맡았다.

친구의 추억

하야시 후미코

다자이 씨가 죽었다고는 도저히 생각할 수가 없다. 죽기 전에 네 번 정도 나를 찾아왔는데, 외로운 사람이구나, 하는 인상은 받았지만, 그런 식으로 죽을 사람이라는 생각은 들지 않았다.

내가 다자이 씨와 친해지게 된 데는 이유가 하나 있었다. 오다 사쿠노스케* 씨가 세상을 떠난 뒤, 도쿄에 올라온 오다 씨네 친족들이 회의를 열었는데, 도쿄 쪽 작가로 참석한 사람은 나와 다자이 씨뿐이었다.

* 다자이 오사무, 사카구치 안고 등과 함께 전후 무뢰파로 활동한 작가로 서른셋에 결핵으로 요절했다. 다자이는 〈오다 군의 죽음〉이라는 글을 남기기도 했다.

그런데 오다 사쿠노스케 씨의 젊은 부인인 아키코* 씨 문제로 잠깐 언쟁이 벌어져 그 자리는 심상치 않은 분위기가 되었고, 결국 부인은 울음을 터뜨리고 말았다. 화장터에서 가져온 유골함이 그 방의 내닫이창 앞에 놓여 있었다. 그때 더 이상 참을 수가 없었던 다자이 씨가 갑자기 "그렇다면 아키코 부인은 저희가 맡기로 하겠습니다. 그렇죠? 하야시 씨, 그렇게 합시다" 하고 딱 잘라 내뱉듯이 말하더니, 앞에 놓인 잔에 술을 가득 따라 벌컥벌컥 들이켰다.

결국 우리가 부인을 떠안게 되었지만, 정작 떠맡겠다고 말한 다자이 씨는 달랑 방 두 칸짜리 좁은 집에서 부인과 아이까지 함께 살고 있어, 결국 아키코 부인이 머물 곳이라고는 내 집밖에 없었다. 물론 우리끼리 서로 이야기를 나누지는 않았지만, 설마하니 내가 아키코 부인을 다자이 씨에게 부탁할 수는 없는 노릇이었다. 그래서 참으로 난처하기는 했지만 내가 부인을 맡기로 했고, 결국 1년 반 정도 부인은 우리 집에 얹혀살게 되었다. 다자이 씨는 그 일을 대단히 미안하게 생각했던지, 설날에도 전통 예복 차림

---

* 오다는 아내가 병으로 세상을 떠난 후 아키코를 만나 사망 전까지 4년 동안 연인 관계를 이어갔다. 하지만 사망하기 2년 전에 재혼했기 때문에, 내연 관계였던 아키코에 관한 일이 친족 회의에서 문제가 되었다.

에 혈기 넘치는 모습으로 진심으로 미안하다며 사과를 하러 찾아왔다.

그는 나를 만나러 온 네 번 모두 아침 열한 시에 찾아와 밤에 곤드레만드레 취할 때까지 술을 마셨다. 그러다 열두 시 가까이 되면 그제야 집의 일꾼이 그를 역까지 바래다주었다. 이제 적당히 하고 아키코 부인에게는 그만 집을 나가 달라고 하십시오, 인정이라는 것도 한계가 있는 법입니다, 아무리 형편을 봐준다고 해도 이렇게 오래 얹혀 살 수는 없습니다, 하고 내게 말하며 아키코 부인을 비꼬았다. 아키코 부인은 도쿄 토박이에 성격이 싹싹한 사람으로, 돈이 없어도 조금도 우는소리를 하지 않는 것이 내 마음에 들었다. 게다가 상당한 미인이라 온 집 안에 활기가 넘쳤다.

나는 다자이 씨에게 죽음을 함께할 정도의 여성이 있다는 것도 몰랐고, 도호쿠 지방의 좋은 집안 아들이라는 것도 몰랐다. 언젠가 한 번 미타카에 있는 다자이 씨 집을 찾아갔을 때 현관에서 그의 부인을 만났는데, 부인이 내 작품을 애독하고 있다는 말을 듣고 정말 쑥스러웠다. 나는 누추하고 좁은 집에 사는 다자이 씨가 무척 멋있는 인물이라고 생각했다.

언젠가 다자이 씨의 부탁으로 그의 책 《비용의 아내》의

표지 그림을 그려 준 적이 있었다. 그때 다자이 씨는 매우 기뻐하며 책을 세 권이나 보내 주었는데, 그 기뻐하는 모습에 기분이 좋았다.

집에 찾아올 때면 손님방보다 거실이 좋다면서, 늙으신 내 어머니에게 "어머니, 장수를 쏘려면 먼저 그 말을 쏴야 해요. 그렇죠?" 하고 말하는 사람이었다. 그 무렵 신문 연재소설에 쫓겨 손님 접대를 제대로 못 해주는 내가 불쌍하다면서도 밤새도록 잔뜩 술을 마시는 사람이었다. 나는 다자이에게 응석꾸러기라고 서슴없이 말했다. 오늘은 내가 세상에서 제일 싫어하는 놈이 우리 집에 찾아오는 날입니다, 오늘 하루만 여기 좀 숨겨 주세요, 하고 농담을 하는 사람이었다.

다자이 씨가 싫어한다는 그 무리 중에 어쩌다 나도 아는 사람이 있어 불쑥 내 집에 찾아오기라도 하면, 그는 목을 움츠리며, 아아, 나는 어찌 이리도 운이 나쁜 사람일까, 하며 정말로 곤란하다는 표정으로 남편의 아틀리에로 도망쳤다. 남을 칭찬하는 건 정말 능숙해서 남편의 그림을 보고 마치 세잔느 같다는 둥 추켜세우는 바람에, 남편은 완전히 다자이의 팬이 되어, 원래 술 마시는 사람을 싫어하는데도 다자이 씨만큼은 특별대우를 해 주었다.

다자이 씨는 내게 어리광을 부릴 정도로 응석꾸러기였

고, 나 또한 그것을 받아주었다. 밤에는 무서워서 혼자 길을 걸을 수가 없다고 하길래, 제정신으로 저런 말을 하는 걸까 하고 생각한 적도 있지만, 그렇게 늘 외롭다, 외롭다는 말을 내뱉듯이 하는 사람도 보기 드물 것이다.

어지간한 독설가이긴 했지만, 속마음은 너무도 연약한 유리처럼 여린 느낌의 사람이었다. 좀 더 빨리 하야시 씨 집에 찾아왔으면 좋았을 텐데, 하고 말하기도 했다. 오다 씨도 다자이 씨와 마찬가지로 그쪽에서 먼저 나를 찾아왔다. 아키코 부인과 함께 찾아왔는데, 그때 처음으로 다자이와 사카구치에 관해 이야기를 주고받았다.

사짱이라는 존재에 대해서는 나도 아키코 부인도 전혀 알지 못했다. 언제였던가, 어느 밤늦은 시각 차 안에서 나와 아키코 부인 사이에 끼여 앉은 다자이 씨는 아키코 부인에게, 같이 죽을까요 하고 몇 번을 말했는데, 나는 농담이려니 하고 흘려들었다.

다자이 씨가 세상을 떠난 뒤 미타카에 가서 그의 아내를 만났을 때 부인은, 아키코 씨를 맡아서 힘들었죠? 하고 말했다. 그때 처음으로 오타 시즈코* 씨에 관한 이야기를 듣고 나는 깜짝 놀랐다.

그 오타 시즈코 씨가 앞으로 소설을 쓰고 싶었던 모양

* 다자이의 연인. 그녀의 일기가 소설 《사양》의 소재가 되었다고 알려져 있다.

인지 글을 좀 봐 달라는 편지를 보내왔다. 게으른 나는 답장도 보내지 않았다. 쓰고 싶으면 혼자서 꾸준히 쓰세요, 하는 마음으로 신초샤 출판사의 M씨와 후진아사히 잡지사의 T씨에게 그녀의 작품을 좀 봐 달라고 슬쩍 부탁해 놓았다.

나는 야쿠모쇼텐에서 출간한 다자이 전집에서 그의 부인이 쓴 글을 읽은 적이 있는데, 어느 누구의 글보다도 단단한 명문이라고 감탄했다. 소박하고 엄격한 문장이었다.

다자이 씨가 우리 집 거실에서 입버릇처럼 부르던 노래가 있다. “바람과 버드나무에 불려서 깡충깡충” 하고 중얼거리며 남자의 순정을 작은 목소리로 노래하면서, 탄산가루를 컵에 넣고 위스키를 섞어 마시는 버릇이 있었다.

주량은 아침 열한 시 무렵부터 시작해 밤 열한 시쯤까지 위스키 두 병. 아무리 술에 취해도 목구두를 똑바로 신고는 발소리도 내지 않고 마치 공중에 떠다니는 것처럼 가볍게 일꾼과 함께 걸어 나가는 사람이었다. 다자이 오사무는 보기 드문 일본풍의 멋쟁이다.

어느 추운 날 한밤중이었는데, 다자이 씨가 돌아간 뒤 새벽 한 시쯤 사카구치 안고 씨가 누군가와 함께 우리 집 대문을 쿵쿵 두드렸다. 마침 그날은 분게슌슈 출판사의 T씨가 우연히 남편을 만나 집에 와 있었다. 두 사람은 밤늦은 시각에 찾아오는 건 사절한다고 말하러 나갔는데, 지금 생각해 보면 다자이 씨를 보내지 말고 사카구치 씨와 함께 밤새 마시면 좋았을 걸 하는 안타까운 마음이 든다.

한 가정의 주부가 된 이후로는 생각만큼 친구들과 어울릴 기회를 많이 갖지 못하는 게 아쉽다. 우리 모두 언젠가는 저마다 이렇게 죽음을 맞이하겠지만, 살아 있는 인간 사회의 갑갑함이 우리 같은 사람에게는 힘들다.

머지않아 나도 삶의 막을 내리게 될지도 모른다. 살아서 계속 글을 쓴다는 것은 정말이지 고되고 어려운 작업이다.

하야시 후미코(林芙美子) 1903~1951

일본 근대 문학을 대표하는 여성 작가. 힘들고 가난한 어린 시절을 보냈던 그녀는 서민들의 삶을 소재로 한 명작들을 많이 남겼다. 대표작 《방랑기》는 당시의 베스트셀러가 되어 큰 인기를 끌었다.

후미코와 다자이의 관계는 사람들에게 잘 알려지지 않았지만, 후미코의 회상기 등을 통해 다자이와 특별한 친분이 있었던 것을 알 수 있다.

다자이 오사무의 추억

가메이 가쓰이치로

6월 15일 아침, 다자이 오사무 군이 실종된 것을 신문에서 보고 알았다. 분명 자살한 것 같다. 1935년쯤이었나, 그때 그는 단편소설 몇 편을 써서 봉투에 넣어 봉한 다음 그 위에 《만년》이라고 써 놓고 죽을 작정이었다. 그것이 실현되었다면 《만년》이 유일한 유언이 되었을 것이다. 그때를 생각하면 그 후로 13년 정도는 더 오래 산 셈이다. 지금까지 목숨을 이어올 수 있었던 것이 이상하다면 이상할 정도다. 작가는 첫 작품을 향해 성숙해 가는 법이다. 《만년》을 향한 성숙의 극점에 오늘의 죽음이 있었다는 생각이 들어 견딜 수가 없다. 필연적이고 평안한 느낌이 들면서도, 왠지 모르게 도저히 믿기지 않는 기분도 든다. 다자이 군은 내게 더없이 유머러스하고 밝은 친구였다.

이따금 그는 어처구니없는 공상 같은 계획으로 우리를 즐겁게 할 때가 있었다. 예를 들면 이런 거다. 언젠가 그는 이렇게 말했다.

"자살한 척하고 잠시 몸을 숨기는 거야. 그러면 틀림없이 선배나 친구, 비평가들이 이런저런 추억담이나 악담을 끄집어내겠지. 날 위하는 얼굴을 했던 녀석이 사실은 적이었는지도 몰라. 갑자기 친구인 척하는 놈도 있을 테고. 그때 내가 천연덕스럽게 나타나서 '내 사후 평가'를 죄다 읽는 거야."

이런 농담을 한 적이 있는데 정말로 그랬으면 좋겠다. 이런저런 사정으로 보아 이번 죽음은 의심의 여지가 없는 것 같지만, 이런 농담이 한 줄기 밝은 빛이 되어 내 마음속에서 아른거린다.

나는 자살에 대해서는 어떠한 판단도 갖고 있지 않다. 적어도 그의 실생활에 관한 것이라면 말이다. 모든 억측은 무례하다. 인간은 죽는다. 그 사실 하나만 믿으면 충분하다. 게다가 나 자신은 목숨을 끊으려고 생각한 적이 아직 단 한 번도 없는 인간이다. '죽을 생각이다' — 젊은 시절 다자이의 작품에 이런 말이 종종 나오는 걸 보면서도 나는 이해할 수가 없었다.

오후, 이부세 씨 집으로 갔다. 가와모리 요시조 씨도 왔다. 여러 신문사에서 찾아와 다자이 죽음의 원인에 대해 이것저것 물었다. 다자이가 청년 시절에 도쿄로 온 후부터 마지막까지 그의 문학적 삶의 전부를 가장 잘 아는 사람은 이부세 씨뿐일 것이다. 내가 이부세 씨와 친해진 것도 다자이를 통해서였다. 어느 신문기자가 죽음의 원인이 무엇인지 물었지만, 나는 아무것도 모른다고 대답했다. 사실 꽤 오랫동안 다자이를 만나지 않았다. 죽지 않으면 안 될 이유 같은 건 없다고 끝까지 우겼다. 하지만 그렇게 말하는 동안 죽음의 원인을 아주 분명히 알게 되었다. 작가에게 죽음의 진짜 이유란 창작이다. 다른 어떤 원인도 부수적인 것일 뿐이다.

이부세 씨와 함께 미타카로 갔다. 미치코 부인을 만났다. 다자이의 가장 오래된 친구 중 하나인 이마 하루베 군도 벌써 와 있었다. 이부세 씨와 함께 다자이의 작업실로 향했다. '지구사'라는 요릿집에 여러 명이 모여 있었다. 처음으로 자세한 사정을 들었다. 죽음은 이제 도저히 의심의 여지가 없는 것 같았다. 여러 가지 계획이 세워져 있었다. 도요시마 요시오 씨가 일찍부터 와서 적절히 대응해 주고 있는 것 같다. 다자이도 술꾼이니까 뭐 괜찮겠지, 하고 셋이서 위스키를 마신다. 신문사 직원, 편집자, 카메라

맨, 이웃들, 정말 많은 사람이 모여 있다. 우리는 뭘 해야 좋을지 모른다. '사건'은 진행되고 있는 것 같지만, 사실은 모든 것이 정체되어 있는 듯이 보인다. 아무 일도 없었던 것 같은 기분도 든다. 다만, 언제든지 만날 수 있을 거라고 생각한 다자이가 곁에 없다.

해가 저물기 시작했다. 이부세 씨와 이와야 다이시 군과 함께 다자이가 뛰어들었다는 강을 따라 걸어 보았다. 우윳빛의 탁한 강물이 세찬 기세로 흘러가고 있을 뿐이다. 자연문화원 뒤쪽을 지나 두 사람을 내 집으로 안내한다. 다자이도 술꾼이니까 뭐 괜찮겠지, 하고 또 술을 마신다.

다자이를 처음 만난 것이 언제였는지 확실히 기억나지는 않는다. 아마 1936년 가을, 그의 《만년》 출판 기념회였을 것이다. 우에노 세이요켄에서 열렸는데, 그때 나는 처음으로 사토 하루오 씨와 이부세 씨를 보았다. 다자이는 그날 노란 모시 기모노와 센다이히라 비단으로 지은 하카마를 입고 있었는데, 누가 새 버선을 가져왔다고 해서 연회장 입구에서 갈아 신고 있던 참이었다. 나는 그와 말없이 인사를 나누었을 뿐이다. 출판 기념회에서는 참석자 전원이 각자의 테이블에서 한마디씩 발언했다. 나도 연설을 했다. "병든 조개에서만 진주가 태어난다"라고 한 안드

레예프의 말을 그에게 전했다.

마지막으로 다자이가 일어나서 인사말을 하기로 되어 있었는데, 그때 처음으로 그의 건강이 몹시 나쁘다는 것을 알았다. 그는 옆에서 누군가의 부축을 받고 비틀비틀하며 간신히 일어섰다. 그리고 잠시 동안 아무 말도 하지 않았다. 다들 쥐 죽은 듯 가만히 그의 발언을 기다렸지만, 계속 아무 말이 없었다. 그리고 더듬더듬하며 무언가 말을 하긴 했는데, 분명하게 알아들을 수가 없었다. 다자이는 조용히 눈물을 흘리며 온몸으로 감사의 마음을 표현한 것이다.

그는 떨리는 손으로 내게 《만년》을 건네주었다. 맨 첫 장에는 붓글씨가 크게 쓰여 있었다.

"아침 햇살을 받으며 붉은 사과 껍질을 벗기고 있다. 아아, 나에게도 이런 한순간. 가메이 가쓰이치로 학형."

다자이 군이 미타카로 이사 온 것은 1939년으로 기억한다. 우리 집에서 걸어서 15분 정도 거리다. 어느 날, 그가 불쑥 찾아왔다. 거의 3년 동안, 그 출판기념회 이후로 한 번도 만나지 않았었다. 몰라볼 정도로 기운이 넘쳐 있었다. 활기차고 정말 씩씩했다. 그때 이후로 1947년 가을 무렵까지 우리의 교우가 이어졌다. 내게 남아 있는 다자이의 인상은 건강하고 밝은 것이다. 작품으로 보면,《부악백경》,《도쿄팔경》부터《정의와 미소》,《신햄릿》,《우대신 사네모토》,《쓰가루》 등을 거쳐, 전쟁 중의《신석제국 이야기》부터《사양》을 집필하기 시작하던 무렵까지다.

나에게 다자이는 무엇보다 먼저 도호쿠(東北)인이었다. 쓰가루 해협을 사이에 두고 홋카이도 남단과 오슈 북단에서 태어난 우리는 기후, 풍토, 음식, 말투가 거의 비슷했다. 해협에 대한 추억, 소년 시절 까마득히 보이던 홋카이도의 산들, 또 홋카이도에서 바라본 쓰가루의 산들, 그런 것들을 질리지도 않고 이야깃거리로 삼았다. 특히 우리는 도호쿠 사투리를 쓰면서도 애써 그걸 감추려고 했는데, 둘이서는 거리낌 없이 마음껏 사투리를 쓰며 이야기할 수 있어 더 친밀감을 느꼈다. 다자이는 도쿄에 와서 어떻게든 사투리를 고치려고 애를 쓰며 열심히 도쿄 말을 배웠다. 한때는 나고야 사투리 비슷하게까지 되었다고도 했는데, 나를 만난 뒤로부터 확 바뀌게 되었다고 한다.

다자이 오사무는 야생인이다. 그의 작품에서 쉽게 유추할 수 있는 댄디한 분위기와는 사뭇 다르다. 섬세한 자의식을 가졌고 감수성의 희생자로 운명 지어진 듯한 사람이지만, 동시에 도호쿠적 야생인이라고 불릴 만한 야성을 갖고 있었다. 농부처럼 울퉁불퉁한 손을 가진 튼튼한 체질이었다.

보통 사람의 육체라면 《만년》을 쓴 직후에 바로 쓰러졌을 것이다. 그의 육체에는 아시아 대륙의 피가 흐르고 있는 것 같은 느낌이 들었다. 이부세 씨는 그가 북방의 길랴크족 혈통인 것 같다고 했다. 어떤 병도, 어떤 피로도, 두세 달쯤 요양하면 씻은 듯이 나을 게 분명하다고 우리는 믿었다.

이 자학가는 자신의 육체를 혹사했다. 자신의 육체를 혐오하고 일부러 혹사하여 사멸해 가면서, 문학을 발효시킬 토양을 마련한 것만 같다는 생각이 든다. 자신의 몸을 버리는 댄디즘. 아니, 그 자신의 혈통에 대한 혼신의 저항이었는지도 모른다. 육체의 혹사는, 말할 필요도 없이 완만한 자살이다.

태평양전쟁이 시작되기 전까지 매년 6월 초에는 이부세 씨를 따라 은어 낚시를 갔다. 미나미이즈의 야쓰 온천에 묵으며, 그 옆에 흐르는 가와즈 강에서 낚시를 했다. 그 시절이 가장 그립다. 다자이는 건성으로 은어 낚시를 했다.

최근에는 그렇지 않았지만 다자이는 옷차림에 매우 신경을 썼다. 은어 낚시를 갈 때도 심사숙고하며 신경을 쓴 나머지, 아내의 스키 바지를 입고 온 적도 있다. 그는 또 자신의 유달리 큰 키를 부끄러워했는데, 그래서 같은 미타카에 사는 스모 선수 미나노가와를 무척 동정하기도 했다.

그가 얼마나 야성적인지는 함께 식사를 하면 알 수 있다. 생선회를 먹으면 한 번에 여덟 점 정도를 집어먹는다. 은어 같은 건 전혀 좋아하지 않았다. 은어라는 생선은 품위 있고 취미가 고상한 사람이 먹는 생선이라고 생각해, 스승 이부세 씨가 좋아하니까 그냥 참고 먹는 정도였다. 그가 정말로 좋아한 것은 소설《쓰가루》에 나오는, 북방의 거칠고 심심한 맛의 요리였다.《사양》에서 '진짜 귀족은 뼈가 붙은 고기를 손으로 쥐고 먹는다'는 말이 나오는데, 어디선가 그걸 듣고 와서는 크게 웃으며 몇 번이고 그 이야기를 했다. 도호쿠 식으로 거칠게 먹고 싶은 것이다. 그러면서도 그것을 아주 쑥스러워해 결국 '귀족'을 꾸며내고 만 것이다. 그의 '귀족' 안에는 야성의 복수(復讐)가 있다. 댄디즘은 그의 자조다.

술에 취하면 큰소리로 유쾌하게 말한다. 유머 넘치는 화려한 화술로, 때로는 눈물이 날 만큼 자지러지게 웃으며 친구들을 즐겁게 한다. 우리를 위해 얼마나 노력했는지 알 수 있다. 육체의 혹사다. 억지로 술을 마시며, 그렇게 자신의 내부에서 무너져 가는 것을 견디고 있었다.

술에 잔뜩 취하면 그는 종종 말했다. 자신의 작품은 얼마 남지 않은 그림물감 튜브를 억지로 쥐어짜는 듯한 것이다. 더 이상 아무것도 없다. 아무것도 없다고 생각해도 마지막 한 방울까지 짜내 계속 글을 쓴 것이다. 완전히 백치다. 술을 마셔도 진심으로 맛있다고 생각한 적이 없다. 술맛 따위는 모른다. 어이, 마시자, 그런 식이다.

외로움을 무척이나 타는 사람이어서 누군가를 만나지 않으면 안 된다. 하지만 누군가를 만난다는 것은 그에게 있어 혼신의 서비스다. 아무와도 만나고 싶지 않다. 말도 하고 싶지 않다. 하지만 누군가를 만나 잔뜩 취하지 않으면 안 되는 것이다. 태평양전쟁이 시작되었을 무렵, 기치조지에서 술을 마실 수 있는 곳은 딱 한 곳이었다. 다자이는 집에서 매일 밤 그곳에 갔다. 아무도 없을 때는 종종 나를 부르기도 하고, 또는 우리 집에 술을 들고 찾아와 밤늦게까지 마셨다. 그는 무엇을 견디고 있었던 걸까.

그와 술을 마시고 있으면, 인력으로는 도저히 어찌할 수 없는 일을 어떻게 좀 해 달라고 강요하는 것 같은 느낌이 든다. 혹은 운명을. 별것 아닌 술이 아니다. 그는 별것 아닌 술이라고 하지만, 그 목소리는 너무 괴로워 보인다. 나더러 뭘 어쩌란 말인가. 문 앞에서 내쫓아야겠다고 생각한 적도 종종 있었다.

다자이가《사양》속의 인물이라고 하는 여성을 데리고 온 적이 있다. 포장마차에 가서 셋이서 싸구려 소주를 마셨다. 그것이 우리의 '최후의 만찬'이었다.

다자이는 평생 무엇을 두려워했던 걸까. 아마 그의 귓전에는 끊임없이 속삭이는 망령이 있었을 것이다. 그를 죽음으로 이끈 망령의 속삭임. 다자이는 밤에 작업을 하지 못했다. 밤에 원고를 쓰고 있으면 누가 자기 뒤에 서 있는 것 같아 무서워 견딜 수가 없다고 했다. 밤에는 그저 정신없이 술만 마셨지만, 손을 휘저으며 활기차게 술을 마시는 그의 동작에는 뭔가를 떨쳐 버리려는 것 같은 느낌이 있었다. 방금《만년》의 첫 번째 글〈잎〉을 다시 읽어 보니, 그의 모든 비극이 여기에 암시되어 있는 것만 같은 생각이 들어 견딜 수가 없다. 그는 정말로 이 세상에 없는 걸까.

6월 19일 아침. 물에 빠진 지 일주일 후, 사체가 발견되었다. 나는 발견되지 않았으면 하고 몰래 빌었다. 다들 그를 잊었을 때쯤, 잔혹하고 무모하며 무신경하기 이를 데 없는 뉴스 카메라맨이 없기를 바랐지만, 죽음은 확정되었다. 다자이는 첫 작품집《만년》을 쓰고 13년 후 6월 13일, 유작《굿바이》를 13회 남겨 놓고 목숨을 끊었다.

가메이 가쓰이치로(亀井勝一郎) 1907~1966

문예평론가. 대표작으로 《일본인의 정신사 연구》가 있다.
1939년 가메이가 살고 있던 미타카에 다자이가 이사를 오면서 인연을 맺게 되었다. 다자이의 작품뿐만 아니라 인간적으로도 다자이를 깊이 이해한 동료 문인이었다. 다자이가 사망한 후, 그의 편지를 모아 엮은 서간집 《사랑과 고뇌의 편지》를 출간하기도 했다.

다자이 오사무를 추억하다

미야자키 유즈루

다자이 오사무의 시신이 발견되고, 그가 작업실로 빌려 쓰던 요릿집 '지구사'에서 검시가 진행되는 동안, 이부세 마쓰지 씨와 우리는 비를 맞으며 문밖에 서 있었다. 다자이 오사무의 은사이자 그의 결혼 중매인이기도 한 이부세 마쓰지 씨는 "다자이가 결혼할 때 말이야, 각서를 한 장 받았어" 하고 말을 꺼냈다. 그것은 다자이 오사무가 방황과 고독을 견디지 못하고 결혼 후에 혹시라도 집을 나가는 일이 있으면 자신을 미친놈으로 생각하고 절교해 달라며 쓴 글이라고 한다.

오늘 아침에 그것을 다시 꺼내 읽어 보았다는 이부세 씨의 침통한 얼굴을 보고 나는 고개를 떨어뜨렸다. 그 다자이 오사무가 처자식을 남겨두고 한 여성과 함께 사람 잡아먹는 강물 속으로 뛰어들어 목숨을 끊은 것이다.

다자이의 문학에 친숙한 사람이라면 그의 삶을 향한 초조, 죽음을 건 고뇌를 읽어 낼 수 있을 것이다.

하지만 그의 그런 죽음에 나는 의문이 든다. 건강은 꽤 나빠져 있었지만, 앞으로 반년이나 1년은 더 살 수 있었을 것이다. 올여름에도 신슈 산속의 온천으로 여행 갈 날짜까지 정해 놓았던 것이다.

어쩌면 술에 잔뜩 취한 나머지, 사짱과 농담처럼 한 말이 사실이 되어 원치 않는 죽음으로 이어진 것은 아닐까. 술에 만취해 쓴 그의 유서 같은 것은 진짜 죽음에 대해서는 아무 중요한 의미도 갖지 않는다. 그는 어두운 농담으로 그런 글을 아무렇게나 써 놓은 것이다.

둑에서 미끄러져 떨어지는 순간, 헉 하고 차갑게 정신이 들며, 경악과 고뇌의 저항을 계속한 건 아닐까. 현장에서 풀이 쥐어뜯기고 흙이 깊게 팬 자국을 보고 섬뜩해진 나는, 강에 빠져 정신을 잃을 때까지 다자이가 느낀 무서운 고통을 생각했다.

〈멋쟁이 아이〉와 〈불새〉를 썼던 그.

* * *

"미야자키 씨는 혼자서 울 때가 없습니까?"

아마도 작년 11월 무렵이었던 것 같다. 사짱, 그리고 젊은 남자 한 명, 그렇게 넷이서 '지구사'에서 술을 잔뜩 마신 우리는 이제 집에 가겠다는 다자이의 말에 다 같이 밖으로 나갔다. 그 젊은 남자는 발도 제대로 가누지 못할 정도로 취해, 다자이에게 매달리다가 사짱에게 매달리다가 했다. 다자이는 난처해하며 사짱에게 역까지 바래다주라고 하고는 담배 한 갑을 손에 쥐여 주었다.

그리고 나는 다자이를 집까지 바래다주었는데, 그가 부엌에서 컵에 술을 가득 따라 두 잔을 가져왔지만, 그도 나도 더는 마실 수가 없었다. 그는, 잠깐 실례, 하더니 도코노마에 머리를 얹고는 눈을 감고, 얼굴에 손바닥을 댄 채 나지막이 울먹이는 목소리로 그렇게 물었다.

* * *

내가 다자이를 알게 된 것은 9년 전이다. 나는 그의 〈데카당 항의〉라는 단편소설을 읽고, 그 작품 단 한 편으로 존경이라기보다는 홀딱 반했다는 표현이 적절한, 그런 유의 관심을 갖게 되었다. 그 단편은 그 당시 내가 찾고 있던 문학의 형태를 유감없이 발휘했다는 생각이 들었다. 내 마음 깊은 곳에서 아른거리던 것을 도려내어 속속들이 드러낸 것 같은 놀라움과 공감과 상쾌한 패배의 감동을 받았다.

나는 긴자에서 술에 잔뜩 취해 그에게 편지를 썼다. 함께 술을 마시자, 원하는 날짜를 알려 달라, 그런 내용의 글이었던 것 같다. 같은 해, 같은 달, 같은 날에 태어난 동지끼리는 사물을 느끼는 방식과 성격이 이렇게나 닮은 것일까, 하고 생각했다. 나는 꽃 중에서 엉겅퀴를 가장 좋아하는데, 그도 뾰족뾰족한 속에 안긴 보드라운 솔처럼 생긴 엉겅퀴를 가장 사랑했다는 말을, 그가 죽은 후 '지구사' 여주인에게 들었다.

남들보다 갑절이나 상처받기 쉬운 영혼을 가진 그가 거친 시대에 이리저리 시달리며 삶을 고민한 고통이 내게도 절절히 느껴진다.

* * *

노년이라는 것을 맛보지 못하고 그는 가 버렸다.

부끄럼쟁이야말로 뼛속까지 멋을 부리는 법이다.

아마도 그는 노년을 두려워했을 것이다.

마흔 살, 그것은 그의 경우 결코 빠르지도, 느리지도 않았다.

그는 몸소 인간의 총명을 입증했다.

지금은 맑고 서늘한 세계에서 우울도 고뇌도 없이, 장맛비 소리 들으며 무명(無明)의 평온 속에 사는 그에게, 나는 무엇을 말할까.

말똥, 쇳가루, 흙먼지, 숨 막힐 듯한 인간의 냄새, 소용돌이치며 작열하는 무시무시한 여름날의 땀으로 범벅이 된, 눈물과 한숨의,

당신이 사는 세계의 이쪽 편,

비린내 나는 생지옥에서 몸부림치며,

나는 당신에게 무엇을 말할까.

미야자키 유즈루(宮崎讓) 1909~1967

시인. 1909년 6월 19일 다자이와 같은 해, 같은 날에 태어난 것이 계기가 되어 인연이 이어졌다. 다자이의 글에 감탄한 미야자키는 만나서 술을 마시자는 편지를 써서 보냈다. 다자이는 처음에 "저는 보잘것없는 사람이니 저를 만나면 분명히 실망하실 것입니다. 아무래도 두렵습니다. 1909년 6월 19일에 태어난 숙명을 당신도 잘 아시리라고 생각합니다. 부디 소심한 저를 용서해 주시기 바랍니다"라는 내용의 편지를 보내 만남을 거절했지만, 결국 둘은 만났고 그 후로 오랫동안 우정을 이어갔다.

다자이는 그때의 경험을 〈같은 운명〉이라는 짧은 글로 써서 남기기도 했고, 미야자키의 시집 《죽창대》의 서문을 써 주기도 했다.

옮긴이의 말

책을 읽다가 마음에 와 닿는 문장을 만날 때가 있습니다. 그러면 북마크 스티커를 붙이기도 하고 펜으로 밑줄을 긋기도 하지만 저는 버릇이 들지 않아서인지 잘 그러지는 않습니다. 그때그때 펜을 뒤지고 스티커를 찾는 게 귀찮기도 하고 흐름이 끊겨서이기도 합니다. 하지만 그래도 가끔은 그냥 책장을 넘길 수 없는 문장들을 만날 때가 있습니다. 다자이 오사무의 글을 읽으며 그런 문장들을 자주 만났습니다. 그의 글을 읽으면 마치 내 이야기를 하는 것 같은 느낌이 들 때가 종종 있습니다. 또 어떤 문장은 나 한 사람을 위해 들려주는 말 같기도 합니다. 그런 다자이의 아름다운 문장을 많은 분들과 함께 하고 싶은 마음에서 이 책을 기획하게 되었습니다.

다자이 오사무는 일본 전후 문학을 대표하는 작가입니다. 1948년 서른아홉의 나이에 스스로 불안과 고뇌의 삶을 마감하고 말았지만, 그의 작품은 70년이 지난 지금도, 고독과 방황의 시기를 보내는 청년들을 비롯해 수많은 독자들의 공감과 지지를 받고 있습니다. 섬세한 감수성, 고독과 소외, 고뇌 속의 유머 등의 이미지로 대표되는 다자이 오사무는 수필 〈나의 반생을 말하다〉에서 "남에게 말도 제대로 못 붙일 만큼 여린 성격에, 생활력이라고는 제로에 가깝다"라고 스스로를 평가했을 만큼 심성이 여리고 소심하며 섬세했습니다.

다자이의 문학을 이야기할 때 꼭 언급되는 작품이라면 무엇보다 《인간실격》을 들 수 있습니다. 그가 죽은 해에 발표된 자전적 소설로, 대부분의 독자들이 그의 문학을 접할 때 가장 먼저 읽는 작품이기도 합니다. 그렇지만 제목에서 느껴지듯 어둡고 절망적인 분위기 때문에 다자이라는 작가를 단지 우울하고 비관적으로만 보는 선입견도 꽤 있습니다. 하지만 평론가이자 동료인 노하라 가즈오가 다자이를 일본 근대 문학가 중 가장 뛰어난 유머 감각을 가진 작가로 평했을 정도로, 다자이는 유머 가득하고 따뜻하며 명랑한 글도 많이 썼습니다.

그런 다양한 면을 가진 작가 다자이를 알리고 싶은 마음에 그의 수많은 작품 가운데 마음을 울리는 문장들, 생각이 머무는 문장들을 모았습니다. 사랑, 문학, 인간, 인생, 고뇌, 희망 등 일곱 가지 주제를 정해 거기에 따라 문장들을 골라 엮었습니다. 그리고 마지막 장 '다자이를 추억하다'에는 동료 문인들이 그를 추억하고 추모하는 글들을 실었습니다. 잘 알려지지 않은 여러 재미있는 에피소드를 통해 그의 인간적인 모습들을 볼 수 있어 그 자체로 흥미롭기도 하고, 그의 작품을 이해하는 데 도움이 될 수도 있을 것입니다.

인용된 문장들은 학창 시절에 쓴 초기 습작을 비롯해 소설, 수필, 서간 등 다양한 글에서 뽑았습니다. 수필이나 서간에서는 작가의 생각이 그대로 표현되어 있지만 소설의 경우에는 등장 인물을 통해 드러나기 때문에, 이 책에 인용된 모든 문장이 다자이 자신의 생각이라고 단정할 수는 없습니다. 그렇지만 그의 소설 중에는 사소설적인 작품이 많고 작가 자신의 모습이 투영된 경우가 많기 때문에 다자이 자신의 생각으로 짐작되는 문장들도 많습니다.

한 작가의 작품 전체를 다 읽는다는 건 쉬운 일이 아닙니다. 또 책을 읽다 보면 문장 하나하나에 신경 쓰지 못할 때도 많습니다. 그렇기 때문에 문장들을 한 권에 모아서 천천히 곱씹어 읽는다면, 그 자체가 또 다른 독서의 즐거움이 될 뿐만 아니라, 작가와 작품을 더 깊이 이해하는 데에도 도움이 되지 않을까 합니다. 특히 다자이의 글에는 그의 인생관과 인간관이 드러난 문장들이 곳곳에 등장하는 만큼, 이 책이 인간으로서의 다자이를 이해하는 데에 조금이나마 도움이 될 수 있기를 바랍니다. 다자이 오사무를 이미 좋아하는 분들뿐만 아니라 그의 문학을 처음 접하는 분들도, 그의 고뇌와 성찰, 그리고 그의 인간미를 함께 공감하고 느낄 수 있었으면 좋겠습니다.